KB114267

투신
강태산

투신 강태산 9

박선우 장편소설

초판 1쇄 찍은 날 § 2017년 4월 11일
초판 1쇄 펴낸 날 § 2017년 4월 18일

지은이 § 박선우
펴낸이 § 서경석

편집책임 § 조현우

펴낸곳 § 도서출판 청어람
등록번호 § 제387-1999-000006호
등록일자 § 1999. 5. 31
어람번호 § 제1-2674호

주소 § 경기도 부천시 부일로 483번길 40 서경B/D 3F (우) 14640
전화 § 932-656-4452 팩스 § 032-656-4453
http://www.chungeoram.com
E-mail § chungeorambook@daum.net

© 박선우, 2016

ISBN 979-11-04-91268-9 04810
ISBN 979-11-04-90979-5 (세트)

투신
강태산

박선우 장편소설

FUSION FANTASTIC STORY

투신
강태산

CONTENTS

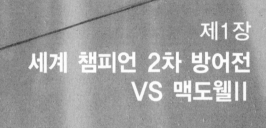

제1장
세계 챔피언 2차 방어전
VS 맥도웰II

통한의 패배.

27번을 싸우면서 언제나 상대를 향해 두려움 없이 펀치를 쏟아부었다.

위기도 있었고 강력한 적도 수없이 많았다.

하지만 옥타곤에 오르는 순간 그의 정신은 언제나 적을 제압할 만큼 뜨겁게 타올랐다.

지지 않았다.

피가 도배된 캔버스의 바닥에 배를 깔고 누운 것은 그가 아니라 미칠 듯이 덤벼오던 적들이었다.

지금도 눈을 감으면 강태산과의 시합 장면이 생생하게 떠오른다.

시합 전에 느꼈던 감정부터 정신을 잃고 쓰러지기까지의 과정이 마치 주마등처럼 스쳐 지나갔다.

강태산과의 시합이 결정되었을 때 머릿속이 어지러울 만큼 강한 흥분을 느꼈다.

강력한 적과의 싸움은 전사의 피를 뜨겁게 달구는 법이니까.

15번의 경기를 모두 KO로 승리한 강태산의 시합 장면을 돌려보면서 그는 심장이 타들어가는 것 같은 흥분에 사로잡혔다.

일분일초도 눈을 돌릴 수 없게 만드는 격렬함.

강태산의 싸움은 단순한 경기가 아니라 목숨을 건 전쟁이었다.

처음 그를 대면했을 때 느낀 것은 잠에서 막 깨어난 호랑이와 비슷하다는 것이었다.

수려한 외모에 어울리지 않는 깊고 깊은 눈.

강자다.

느낌으로 전해져 오는 전사로서의 투지가 그의 몸에서 올올히 새어 나오고 있었다.

그럼에도 두렵다는 생각은 눈곱만치도 가지지 않았다.

이길 수 있다는 확신.

전쟁처럼 치러진 그의 경기 동영상을 수없이 되돌려 보면서 맥도웰은 절대 지지 않는다는 자신감을 가졌다.

클래스가 다른 존재.

그렇다. 그는 강태산이 상대했던 자들을 일거에 무찔러 버린 강자 중의 강자였고 언터처블의 챔피언이었다.

그러나 그런 자신감은 막상 옥타곤에서 펀치를 부딪치는 순간 머리끝이 올올히 일어서는 긴장으로 변했다.

뭔가 잘못되었다는 것을 느꼈을 때 이미 강태산은 그의 약점을 파고들며 전혀 예상치 못했던 주먹을 날려 오고 있었다.

해머로 맞는 것 같은 충격.

세상에 이런 펀치력이라니······.

누구라도 상대할 수 있을 만큼 그의 주먹은 대단했고 펀치를 흡수하는 능력도 탁월했으나 시간이 지나면서 강태산의 폭풍 같은 질주를 도저히 견딜 수가 없었다.

옥타곤에 쓰러지면서 정신을 잃을 때 스르륵 눈물이 떨어지는 것이 느껴졌다.

이런 자를 상대하면서 아무런 준비 없이 오직 정면 대결로 승부를 보겠다던 오만은 죽는 것보다 훨씬 끔찍한 패배로 이어지고 말았다.

경기에 패배한 후 한동안 방황을 했다.

믿을 수가 없었다.

무려 5년이란 세월 동안 무적으로 옥타곤을 군림하면서 쌓아왔던 영광과 신뢰가 한꺼번에 날아가 버렸다.

사람들은 새로운 챔피언에게 열광했고 자신은 순식간에 형체가 없는 그림자가 되어 어둠 속을 헤매었다.

절망.

끝을 알 수 없는 절망감에 몸서리가 쳐졌다.

그랬기에 아무도 없는 그랜드캐니언의 광활한 대지에 텐트 하나만 달랑 챙겨 가서 한 달을 보냈다.

밤이 되면 도시에서 볼 수 없는 수많은 별들이 그를 향해 쏟아졌다.

그 별들을 보며 자신을 관조했고 강태산을 떠올렸다.

그렇게 시간들을 흘려보냈다.

낮에는 황폐한 땅과 거친 바위를 하염없이 걸으며 올랐고 밤에는 별을 보면서 자신이 살아왔던 인생과 앞으로의 삶을 생각했다.

절망으로 젖어 있던 가슴에 투지가 들어서기 시작한 것은 그로부터 한 달이 지난 후였다.

그런 후 다시 돌아왔다.

패배의 깊은 상처를 가슴속에 묻었으니 아무것도 두려워할 이유가 없었다.

그에게 남은 것은 오직 하나.

태어나 처음으로 절망이란 단어를 안겨준 강태산을 꺾는 것뿐이었다.

미친 듯이 훈련에 매달렸다.

인간이 감내하기에 불가능한 훈련들을 극복한 시간들은 그가 격투기를 시작한 이래 가장 고통스러운 것들이었다.

세계 톱클래스의 트레이너진과 강태산의 장단점을 분석하며 철저한 전략을 짰고 강태산을 거꾸러뜨리기 위한 기술들을 갈고닦았다.

반드시 이긴다.

반드시 이겨 자신이 쓰러졌던 것처럼 차가운 캔버스에 놈을 눕혀 버릴 것이다.

온몸이 땀으로 범벅이 된 채로 바닥에 쓰러져 숨을 헐떡거리는 맥도웰의 눈에서 파란빛이 흘렀다.

그 잿빛의 눈에서 새어 나온 푸른 안광은 모든 것을 태워 버릴 것처럼 뜨거웠고 무한한 투지로 가득 차 있었다.

출국 전날.

강태산은 집으로 돌아와 가족들과 함께 저녁을 먹었다.

세 달 동안 그가 집에 들어온 것은 다섯 번뿐이었다.

가족들은 그의 외박에 아무런 말도 하지 않았다.

강태산이 국내 여행을 맡아 제주도를 비롯해서 지방에 다니는 것으로 변명했기 때문이었다.

식탁의 가운데는 불 꺼진 케이크가 덩그러니 놓여 있었고 가족들이 준비한 선물들이 한쪽에 쌓여 있었다.

오늘은 현수의 생일이었기 때문에 가족들이 모두 모여 축하를 해줬던 것이다.

"국 더 줄까?"

"네, 콩나물국이 아주 시원하네요."

"술도 안 마신 사람이 웬 국을 그렇게 마셔. 꼭 노인네 같아. 이리 줘."

국그릇을 내미는 강태산을 향해 은영이 시비를 걸어왔다.

하지만 그녀의 손은 권 여사를 대신해서 강태산이 내민 국그릇을 받아 들고 있었다.

은영이 국을 다시 떠 와 앞에 놓아주자 강태산이 귀엽다는 듯 머리를 쓰다듬어 주었다.

그러자 은영이 도끼눈을 떴다.

"어허, 어디서 숙녀의 머리를……."

"머릿결 곱네. 냄새도 좋고. 우리 은영이가 이제 보니까 정말 다 컸다."

"혈, 이 양반이 보자보자 하니까 정말 웃기시네. 이보세요. 내가요 벌써 4학년이거든요. 조금 있으면 시집가실 나이라고요."

"웃겨, 애. 줄 서라. 나부터 가야 될 거 아니니. 너 혹시 나를 추월하려는 생각을 하는 건 아니겠지?"

은영의 말에 은정이 불쑥 나섰다.

그녀는 결혼 이야기가 나오자 대뜸 쌍심지를 켰다.

그러자 권 여사가 빙그레 웃으며 딸들을 바라보았다.

"은영이는 애인이 있는데 너는 없잖아. 애인도 없는 애가 무슨 시집을 가니?"

"있어."

"애인이 있다고?"

"응."

"거짓말, 공휴일이면 매일 침대에서 뒹구는 애가 무슨 애인이 있어. 믿을 걸 믿으라고 해."

"정말 있어요. 곧 보여줄 테니까 기다려 봐."

"애 봐, 정말인가 보네."

권 여사가 놀란 눈을 만들었다.

그러고는 다시 입을 열었다.

"어떤 남잔데?"

"그냥 회사원."

"사귄지 얼마나 됐니, 잘 생겼어?"

"잘 생기지는 않았어. 그런데 성실해. 착하고."

"어머, 어머. 그럼 엄마한테 소개시켜 줘야지."

"나중에, 기회 봐서 소개해 줄게요."

은정이의 대답에 모든 가족이 두 눈을 끔벅거렸다.

이 정도로 말한다는 건 진짜 애인이 있다는 뜻이기 때문이었다.

은영이가 뭔가를 더 묻기 위해 입을 열려고 했지만 은정은 동생이 질문을 하지 못하게 강태산을 향해 시선을 돌렸다.

"오빠, 오빠는 현수 생일 선물 없어?"

"일하느라 바빠서 준비 못 했다. 미안해."

"헐, 아무리 그래도 그렇지. 어떻게 현수 생일 선물을 까먹냐. 현수 실망하는 거 안 보여?"

"누나, 괜찮아. 형이 일부러 그런 거겠어. 그리고 오늘만 날이 아니잖아. 출장 갔다가 돌아오면서 좋은 거 사오겠지. 형, 안 그래?"

"나 돈 없다. 주식 샀다가 홀랑 날렸거든."

"뭐라고!"

모든 가족이 한꺼번에 소리를 질렀다.

맹한 구석이 있어도 성실하게 사는 것으로 알았는데 주식을 해서 돈을 전부 날렸다는 사실이 믿기지 않았던 모양이었다.

"태산아, 정말 그랬어?"

"예."

"얼마나 손해 봤는데?"

"통장에 있는 거 전부 다. 한, 천만 원쯤 돼."

"아이고 내가 미친다. 오빠 정말 바보 아냐!"

"그걸로 밑천 삼아서 늘려보려고 했지. 투자한 회사가 부도 날 줄 누가 알았겠어."

"이씨!"

은정이 변명을 하는 강태산의 어깨를 때렸다.

그녀는 마치 자신의 돈을 잃어버린 것처럼 억울한 표정을 숨기지 못했다.

그건 은영도 마찬가지였고 현수도 그랬다.

"능력도 없으면서 일확천금을 노려. 오빠 정말 어떻게 된 거 아냐. 천만 원이 누구 집 애 이름이냐고. 아이고, 아까워라."

"하하하, 농담이야. 난 주식 같은 거 전혀 할 줄 모르잖아. 그냥 해본 농담을 이렇게 믿으면 어떡해. 이러다간 내가 콩으로 메주를 쑨다고 해도 믿겠네."

강태산이 유쾌하게 웃으며 놀란 눈을 하고 있는 가족들을 바라보았다.

은정이 소리를 버럭 지른 것은 어처구니없게 속은 것에 대한 분노의 표시였다.

"오빠, 죽을래!"

"현수 생일 선물을 내가 왜 잊었겠어. 멋진 걸로 준비했다."

"형, 정말이야. 뭔데?"

"우리 현수 대학 들어갈 때도 제대로 된 선물을 하지 못해서 항상 미안했다. 이번에 형이 큰마음 먹고 준비했으니까 열어봐."

강태산이 주섬주섬 주머니에서 하얀 봉투를 꺼내들었다.

어딜 갔다 오라는 것일까?

궁금증에 가득 찬 가족들의 시선을 받은 현수가 강태산이 내민 사각봉투를 열었다.

그러고는 입을 떡 벌린 채 온몸이 경직되었다.

"이거… 이거… 형, 이거 진짜야?"

"거기 출국 날짜 적혀 있잖아. 형네 회사와 컨택되어 있는 호텔도 잡아놨으니까 잘 구경하고 와."

"현수야. 뭔데 그러니?"

은영의 질문에도 현수는 대답을 하지 못하고 뚫어지게 봉투에서 꺼낸 티켓들을 바라보고 있었다.

그의 손에 든 것은 강태산의 세계 타이틀 방어전 관람 티켓과 호텔 숙박권, 그리고 뉴욕까지의 왕복 비행권이었다.

전혀 예상치 못했던 선물.

그의 우상 강태산 선수의 경기를 직접 볼 수 있다니 정말 꿈을 꾸는 것 같았다.

출국장에는 수많은 기자들이 몰려들었고 강태산의 모습을 보기위해 구름 같은 사람들이 걸음을 멈추었다.

"강태산 선수, 꼭 이겨주세요. 파이팅!"

사람들이 격려하는 음성은 끊이지 않았다.

그들의 목소리에 담긴 것은 진심.

대한민국의 영웅을 응원하는 그들의 목소리는 강태산이 걸어가는 곳 어디에서든 들려왔다.

기자들과 간단한 인터뷰를 마친 후 비행기에 올라 뉴욕으로 향했다.

이른 출발.

다른 때보다 5일이나 빠르게 격전지로 날아간 것은 상대가 맥도웰이기 때문이었다.

김 관장과 김만덕은 김숙영을 닦달해서 일정을 최대한 빠르게 당겼는데, 그건 현지 적응이 필요하다는 이유였다.

언론을 통해 나타난 맥도웰의 모습은 야수처럼 변해 있었다.

회색의 눈은 이제 더욱 가라앉아 잿빛으로 보였고 얼마나 훈련을 했는지 피부가 강철을 보는 것처럼 번들거렸다.

좋구나, 맥도웰.

역시 전사답다.

그가 겪어야 했던 고통과 극복의 과정들이 눈에 선하게 보였다.

맥도웰은 절치부심을 하며 자신을 꺾기 위해 엄청난 훈련량을 소화했을 것이다.

그러나 무엇보다 강태산을 흡족하게 한 것은 맥도웰의 눈이었다.

짙게 가라앉은 잿빛의 눈.

조금의 두려움도 없었고 전사의 용기와 투지가 그득 담겨 있는 눈을 만들었으니 그는 도전자로서의 자격을 충분히 갖추었다.

뉴욕에 도착하자 떠날 때보다 더 많은 기자들이 진을 진 채 그를 맞아들였다.

번쩍거리며 터지는 플래시의 불빛들.

영웅의 입성.

현재 전 세계의 스포츠맨들 중에서 가장 뜨거운 스포트라이트를 받는 강태산의 등장에 전 세계의 언론들은 몸살을 앓기 시작했다.

전쟁의 시작.

지구촌의 관심이 모두 몰려 있는 두 영웅의 격돌은 아무도 승부를 점칠 수 없는 빅게임이 분명하다.

공항까지 직접 나온 톰슨 회장의 안내를 받아 호텔로 직행한 강태산은 이틀간 휴식을 취한 후 마무리 훈련에 들어갔다.

UFC측은 철저하게 언론을 통제했기 때문에 강태산은 공식 인터뷰를 제외하고는 거머리처럼 달라붙는 기자들을 피할 수 있었다.

빠르게 흘러가는 시간들.

시합을 기다리는 격투기 팬들에게는 더없이 느린 시간이었겠지만 강태산의 시간은 결코 느리지 않았다.

강한 자와 싸운다는 것은 신이 그에게 준 선물이기에 한순간도 오만하게 시간을 허비하지 않았다.

그리고 내일.

그는 또다시 야차가 되어 피가 흐르는 전장 속에서 적의 숨통을 물어뜯는 악마가 될 것이다.

*   *   *

드디어 결전의 날이 밝았다.

김 관장을 비롯한 스탭들은 아침부터 정신없이 움직였다.

호텔에는 아득한 긴장감이 물결처럼 흐르고 있었다.

이른 아침을 간단히 먹은 일행은 경기에 필요한 장비들을 챙겨 떠날 준비를 하며 부산을 떨었다.

김 관장이 강태산의 방문을 두드린 것은 10시가 조금 넘었을 때였다.

"태산아, 가자!"

"너무 이른 것 아닙니까?"

"적어도 1시간 전에는 도착해야 돼. 지금쯤 벌써 경기가 시작되었을 거야."

"그럼 가시죠."

간편한 복장으로 편하게 침대에 누워 있던 강태산이 자리에서 일어났다.

여전한 모습.

스태프들은 긴장감으로 인해 입술이 바짝바짝 타들어가고 있었지만 강태산의 안색은 평온했다.

호텔 문을 나서는 순간부터 엄청난 기자들이 따라붙었다.

그들은 마이크를 들이대며 중구난방으로 떠들었는데 워낙 많은 사람들이 한꺼번에 말했기 때문에 정신이 없을 지경이었다.

그런 기자들을 스태프들이 몸으로 뚫었다.

출정을 하는 투사에게 마이크를 들이대는 기자들의 속성은 도대체 뭘까.

하지만 그것은 메디슨 스퀘어 가든에 도착했을 때도 마찬가지였다.

대기하고 있던 수많은 카메라의 셔터가 강태산이 도착하자 일시에 눌러졌다.

기자들은 마치 벌 떼처럼 느껴질 정도였다.

선두에 선 스태프들은 강태산을 보호하기 위해 원을 그린 채 걸어 나갔다.

북새통인 기자들에 의해 몸을 다치는 일이 생긴다면 난리가 날 테니 말이다.

문을 열고 들어서자 관중들의 함성이 들려오기 시작했다.

지금쯤이면 메인 매치들이 벌어질 시간이었다.

관중들의 함성 소리를 듣자 천천히 몸이 달궈지기 시작했다.

열광.

옥타곤에 선 전사들에게 보내는 최고의 찬사다.

강태산은 라커룸으로 향하며 점점 뜨거워지는 자신의 심장 소리를 느꼈다.

나는 오늘 또 한 번의 전쟁을 치른다.

피를 부르는 함성 소리.

그 함성은 나의 머릿속에 전사로서의 투지를 심어주고 있었다.

UFC-477에는 라이트급 세계 타이틀매치 외에 5경기가 더 준비되어 있었다.

그중에는 윤석호의 경기도 포함되어 있었다.

UFC에 데뷔한 이후 3번의 경기를 연속으로 KO승을 따내면서 제2의 강태산이라 부르는 선수였다.

메인 매치로 준비된 경기 중 4번째.

윤석호가 링에 오르자 동쪽에 위치한 대한민국 응원단이 자리에서 벌떡 일어나 환호성을 질렀다.

그것은 강태산의 경기를 중계하기 위해 뉴욕까지 날아온 JYN의 김세형과 신치현도 마찬가지였다.

"드디어 윤석호 선수가 출전했습니다. 멀리서 원정 응원을 온 대한민국 응원단이 일제히 함성을 보내주고 있습니다. 펄럭이는 태극기. 역시 다이나믹 코리아다운 기운입니다. 신 위원님, 윤석호 선수는 이번이 4번째 경기죠?"

"그렇습니다. 이미 3번의 KO승을 거두며 새로운 신진 강자로 인정받고 있습니다. UFC의 톰슨 회장까지 관심을 가질 정도로 윤석호 선수의 잠재력이 대단합니다. 특유의 전광석화 같은 원투 스트레이트는 상대에게 공포를 심어줄 정도로 강력하죠."

"그러나 이번 상대는 만만치 않습니다. 헥슨 선수는 페더급 랭킹 11위에 올라있지 않습니까?"

"UFC측에서는 윤석호 선수의 가능성을 타진하기 위해 헥슨 선수를 붙여놓은 것 같습니다. 헥슨 선수는 18전 15승 3패를 기록하고 있는데, 패배한 경기는 전 챔피언인 조나단을 비롯해서 상위 랭커들에게 당한 것입니다. 이번에 헥슨 선수가 윤석호 선수를 꺾는다면 한 번의 경기를 더 가진 후 타이틀전에 도전할 수 있을 거라고 합니다."

"신 위원님의 경기 예상은 어떻습니까?"

"헥슨 선수는 엄청난 맷집으로 유명한 터프 가이로 소문나 있습니다. 펀치 기술도 좋고 그라운드 기술 역시 톱클래스입니다. 하지만, 윤석호 선수가 특유의 원투 스트레이트를 작렬시킬 수 있다면 충분히 승산이 있습니다."

"말씀드리는 순간, 레프리가 양 선수를 옥타곤의 중앙으로 불러 모았습니다. 드디어 5분 3라운드의 경기가 시작되었습니다. 윤석호 선수, 반드시 이겨주기를 기원합니다."

윤석호와 헥슨의 경기는 시작부터 불꽃을 튀겼다.

경량급인 페더급 선수답게 양선수가 엄청난 스피드를 자랑했는데 치고 빠지는 속도가 눈에 보이지 않을 정도였다.

초반에 우세를 잡은 것은 윤석호였다.

라운드 중반에 들어서면서 윤석호는 연속해서 세 차례의 스트레이트를 헥슨의 안면에 적중시켰다.

그러나 헥슨은 비틀거리면서도 끈질기게 버티며 반격을 시도했다.

경기양상이 바뀌기 시작한 것은 2라운드 중반을 넘어서면서부터였다.

갑작스럽게 무딘 몸놀림.

윤석호는 2라운드 후반으로 들어서면서 체력이 급격하게 떨어지며 헥슨의 공격에 물러서기 시작했다.

하이에나처럼 달려든 헥슨의 공격이 집요하게 이어졌다.

미소년처럼 잘생긴 윤석호의 얼굴이 피로 물들기 시작했다.

헥슨의 장기는 변칙공격이었다.

펀치를 내다가도 갑작스럽게 백스핀 블로우를 터뜨렸고 수시로 윤석호의 다리를 공격해서 균형을 무너뜨렸다.

그럼에도 윤석호는 쓰러지지 않고 헥슨을 향해 원투 스트레이트를 퍼부었다.

밀고 밀리는 접전이었으나 2라운드는 헥슨의 우세였다.

"신 위원님, 2라운드는 윤석호 선수의 열세였죠?"

"체력이 급격하게 떨어졌습니다. 체력이 떨어지다 보니 특유의 면도날 같은 스트레이트가 무뎌지고 말았습니다. 이번 라운드는 헥슨의 우세가 확실합니다."

"3라운드가 걱정되는군요. 이대로 경기가 지속되면 어려운 경기를 해야 될 것 같습니다."

"윤석호 선수는 3번의 KO승을 모두 2라운드 초반 이내에 끝을 냈습니다. 3라운드를 한 번도 뛰어보지 않았단 얘기지요. 물론 국내 무대에서는 4번의 판정승이 있었지만 UFC는 국내 무대와 확연히 다릅니다. 강자들과의 대결에서 체력을 안배한다는 건 무척이나 어려운 일이기 때문입니다."

신치현의 얼굴은 어두웠다.

그는 선수 출신이기 때문에 체력이 떨어졌을 때 벌어지는 현상을 너무나 잘 알고 있었다.

격투기 선수에게 체력의 고갈은 무덤으로 들어가는 지름길이었다.

김세형은 힐끔 눈을 돌려 신치현의 얼굴을 확인했지만 더 이상 말을 끌지 않았다.

캐스터는 승리에 대한 희망을 놓으면 안 된다.

비록 윤석호의 패배가 눈앞으로 다가온다 해도 대한민국에서 응원하고 있는 국민들을 생각한다면 쓰러지는 그때까지 승리를 갈망하는 것이 캐스터의 임무였다.

"종이 울렸습니다. 3라운드가 시작되었습니다. 윤석호 선수 힘을 내주길 바랍니다. 경기 시작하자마자 헥슨 선수 돌진합니다. 좌우 양 훅. 헥슨 선수의 펀치가 커지고 있습니다. 신 위원님, 헥슨 선수가 욕심을 부리는 것 같지 않습니까?"

"그렇군요. 헥슨 선수는 윤석호 선수가 지쳤다는 것을 간파한 게 분명합니다. 보십시오. 거칠게 몰아붙이고 있지 않습니까. 잠시도 쉴 틈을 주지 않겠다는 기세를 보이고 있습니다."

"뒤로 물러나던 윤석호 선수. 좌우 스트레이트를 헥슨의 안면에 꽂아 넣었습니다. 그러나 헥슨, 대단합니다. 윤석호 선수의 스트레이트를 맞고도 계속해서 돌진합니다. 레프트 보디, 라이트 훅. 윤석호 선수, 맞았습니다. 뒤로 후퇴하는 윤석호 선수. 헥슨이 따라갑니다. 철망에 몰리면 안 됩니다. 윤석호 선수 빠져나와야 합니다."

김세형의 목소리가 안타까움에 젖어갔다.

윤석호가 펀치를 맞고 흔들리자 헥슨은 지체 없이 철망 쪽으로 윤석호를 끌고 갔다.

신치현이 벌떡 일어선 것은 헥슨의 양쪽 팔꿈치가 연속으로 윤석호의 안면에 작렬했을 때였다.

"아, 대미지가 큽니다. 윤석호 선수 헥슨의 허리를 붙잡고 빠져나와야 합니다. 위험합니다."

신치현이 소리를 질렀으나 윤석호는 철망에서 빠져나오지 못하고 헥슨의 공격을 고스란히 받아들이고 있었다.

체력이 고갈되었다는 것은 움직일 수 없다는 것을 의미한다.

마음을 굴뚝같겠지만 다리가 따라주지 않고 몸에 힘이 들어가지 않기 때문이다.

윤석호의 얼굴은 피로 물들었다.

눈썹이 길게 찢어졌고 입에서도 연신 피가 새어 나오고 있었다.

그럼에도 끈질기게 버티며 간혹 가다 펀치를 날렸다.

하지만, 경기는 기울 대로 기운 상황이었다.

"윤석호 선수, 돌아 나옵니다. 다행입니다. 옥타곤 중앙에서 맞붙는 두 선수. 그러나 헥슨 선수가 다시 공격을 시작합니다. 뒤로 물러서는 윤석호. 라이트 훅이 크게 들어갔습니다. 다운입니다, 다운. 일어서지 못합니다. 안타깝습니다. 경기 끝났습니다."

"아쉬운 경깁니다. 윤석호 선수는 이 경기를 위해 엄청난 훈련을 했다고 들었는데 결국 헥슨 선수의 체력을 견뎌내지 못하고 말았습니다. 헥슨 선수. 정말 대단합니다. 3라운드 내내 들소처럼 몰아붙여 윤석호 선수를 KO로 잡아냈습니다."

신치현의 얼굴에서 아쉬움이 묻어나왔다.

그 역시 대한민국의 상황을 피부로 느끼고 있었다.

무너져 내린 자존심.

그 자존심을 다시 일으키기 위해서라도 윤석호가 이번 경기는 반드시 잡아주기를 바랐다.

국민들이 얼마나 실망했을지 관중석을 보면 알 수 있었다.

태극기를 두른 채 열정적으로 응원을 보내던 500명의 관중들은 쓰러진 윤석호를 바라보며 침묵을 지켰다.

베테랑인 김세형이 분위기를 끌어 올린 것은 캐스터로서의 임무를 충실하게 수행하기 위함이 분명했다.

"윤석호 선수 잘 싸웠습니다. 비록 경기에서는 졌지만 끝까지 최선을 다하는 모습은 대한민국의 남아로서 충분히 본받을 만했습니다. 그리고 국민 여러분. 우리에게는 슈퍼히어로 강태산 선수가 있습니다. 조금 이따가 벌어지는 맥도웰과의 경기에서 강태산 선수는 분명 윤석호 선수의 패배를 뒤엎는 멋진 경기를 선사해 줄 것입니다. 저희들은 잠시 광고를 보고 다시 돌아오도록 하겠습니다."

강태산은 몸을 풀면서 윤석호의 경기를 지켜봤다.

2라운드에 접어들면서 어렵다는 판단을 내렸다.

그리고 그 판단은 정확해서 윤석호는 헥슨의 돌진을 막아내지 못한 채 옥타곤의 차디찬 바닥에 쓰러지고 말았다.

윤석호가 쓰러지는 순간 스태프들의 얼굴이 동시에 굳어졌다.

매인이벤트의 전초전 성격을 가진 윤석호의 패배는 일행들에게 알 수 없는 불안감을 주기에 충분한 것이었다.

그 모습을 주관 방송사인 폭스TV의 카메라가 고스란히 담았다.

강태산의 라커룸을 담당하는 PD는 얼굴이 굳어진 스태프들의 표정이 괜찮은 그림이라고 생각했던 모양이었다.

그러나 TV에 화면이 잡히자 강태산은 주먹을 들어 보이며 환한 웃음을 지었다.

윤석호의 패배는 나와는 전혀 상관없다는 것을 알리는 자신감이었다.

이제 남은 경기는 헤비급 랭킹전뿐이었다.

강태산의 메인매치로 인해 관심이 떨어졌을 뿐 전 세계 격투기 팬에게는 윤석호의 경기와 비교되지 않을 만큼 빅게임이었다.

타이틀 도전권이 달린 헤비급 랭킹전에 출전하는 선수들이 모두 챔피언을 지닌 강자들이었기 때문이었다.

빅 타이거 필리페와 자이언트 레오나르도가 그들이었다.

메디슨 스퀘어 가든을 가득 채운 관중들은 그들이 등장하자 엄청난 환호성을 지르며 자리에서 일어섰다.

그만큼 기대를 갖게 만드는 경기였다.

김 관장이 대뜸 다가온 것은 강태산이 섀도복싱을 하면서 마무리 몸풀기를 하고 있을 때였다.

"태산아, 그만하고 앉아라."

"왜요?"

"저놈들 경기는 금방 끝날 수 있어. 그러니까 그만하고 내 말 좀 들어."

김 관장이 의자를 가리키자 김만덕과 두 명의 트레이너가 동시에 몰려들었다.

그들은 이번 맥도웰과의 경기를 준비하면서 동고동락을 한 친구들이었다.

강태산이 자리에 앉자 김 관장의 입이 조심스럽게 열렸다.

"태산아, 너도 봤겠지만 맥도웰의 훈련량은 대단한 것 같다. 그렇지 않냐?"

"피부색이 더욱 짙어졌습니다. 아무래도 그런 것 같군요."

"우리 다시 한 번 생각해 보자. 놈이 체력전을 걸어올 건 분명해. 그런데 아직 구체적인 방법에 대해서는 확신을 하지 못하겠어. 체력전을 펼치기에 가장 좋은 방법은 더티 복싱이다. 그래서 그에 대한 준비를 했고. 그런데 뭔가 찜찜해. 놈이 준비한 게 그게 아닐 수도 있다는 생각이 자꾸 든단 말이다."

"집히는 게 있습니까?"

"난 한 가지를 생각했다. 혹시 너는 생각한 게 있냐?"

"먼저 관장님 의견을 들어보죠."

"정면충돌!"

"역시 예리하시군요. 저도 마찬가지 생각입니다. 어쩌면 맥도웰이 첫 번째처럼 정면으로 승부를 걸어올지 모른다는 생각을 했습니다."

"그렇다면 그만큼 자신이 있다는 뜻이겠지?"

"그럴 테죠."

"뭘까?"

"그가 정면 승부를 건다면 두 가지 이유뿐입니다. 펀치력을 강화시켰거나 방어 능력을 증진시킨 것입니다."

"그게 사실이라면 걱정되는구나."

"걱정할 일이 아닙니다. 어차피 그 두 가지를 가지고 나왔다면 대비할 수도 없었으니까요. 우리는 우리가 준비한 것을 충실히 이행하면 됩니다. 승부의 추는 맥도웰이 가지고 있는 게 아니라 제가 가지고 있습니다. 그러니 걱정하지 마세요."

강태산이 빙긋 웃으며 고개를 좌우로 꺾었다.

그와 동시에 텔레비전 화면에서 고함 소리가 쏟아지기 시작했다.

김 관장의 예측대로 헤비급 경기는 1라운드를 3분이나 남기고 필리페의 라이트훅이 작렬하면서 끝이 났던 것이다.

*   *   *

강태산은 천천히 옥타곤을 향해 걸어갔다.

그를 향해 쏟아지는 열광적인 함성.

맥도웰이 경기장에 들어설 때도 관중들은 대단한 함성을 터뜨렸지만 강태산에 비할 바가 아니었다.

그의 출정가인 아리랑은 이제 전 세계인이 알 수 있을 정도로 유명해져 그가 입장하자 수많은 관중들이 따라 불렀다.

어두워졌던 가든에서 한 줄기 빛이 날아와 그를 비췄다.

한 걸음. 그리고 또 한 걸음.

그렇게 걸어갔다.

옥타곤에서 이를 드러내고 있는 맥도웰을 향해.

거구의 사내가 강태산에게 다가온 것은 옥타곤 사이드에 도착했을 때였다.

운영 스태프는 그의 오픈핑거 글러브를 꼼꼼하게 체크한 후 바세린을 얼굴에 발라주었다.

형식적인 몸 체크가 끝난 후 옥타곤으로 오르자 폭탄 같은 함성이 새어나왔다.

전율이 피어오르는 열기.

관중들은 이 순간을 단 일 초라도 놓치지 않으려는 듯 시합이 시작되지 않았는데도 모든 사람들이 자리에서 일어나 옥타곤을 주시하며 소리를 질렀다.

강태산은 옥타곤에 오른 후 가볍게 중앙으로 나가 손을 번쩍 치켜들었다.

그 모습을 맥도웰이 잿빛 눈으로 노려보았으나 강태산은 그의 도발을 무시하고 묵묵히 자신의 코너 쪽으로 돌아왔다.

"강태산 선수, 입장해서 손을 번쩍 치켜들었습니다. 자신에 찬 모습. 보십시오. 대한민국이 낳은 무적의 챔피언 강태산 선수입니다."

김세형은 강태산이 입장해서 링의 중앙에 우뚝 서자 소리를 높였다.

하긴 그의 목소리는 입구를 통해 강태산의 모습이 드러나면서부터 웅변하는 사람처럼 변해 있었다.

신치현도 가세했다.

그는 오랜 해설 경험으로 캐스터를 도와줘야 하는 순간을 본능적으로 캐치하고 있었다.

"컨디션이 좋아 보입니다. 강태산 선수는 여전히 여유가 있어 보이는군요."

"관중들의 환호성이 대단합니다. 이 경기를 보기 위해 텔레비전에 모여 있는 전 세계의 격투기 팬들도 역시 두근거리는 가슴을 진정시키기 어려울 겁니다."

"제가 듣기로 이 경기의 PPV가 천만을 넘었답니다. 전 세계적으로 3억 명 이상이 관전할 거라고 합니다. 정말 대단한 열기입니다."

"신 위원님. 강태산 선수의 경기가 이토록 전 세계의 격투기 팬들에게 뜨거운 관심을 받는 건 무엇 때문일까요?"

"아무래도 경기 스타일 때문일 겁니다. 강태산 선수는 후진을 모르는 전차라고 불릴 만합니다. 지금까지 싸운 경기를 모두 오늘의 파이트로 만들어 버릴 만큼 강태산 선수의 경기는 화끈했으니까요."

"그렇습니다. 이번 경기가 특히 전 챔피언인 맥도웰 선수와의 대전이기 때문에 훨씬 더 격투기 팬들의 기대를 모았죠?"

"강태산 선수가 혜성처럼 나타나기 전까지 맥도웰 선수는 UFC를 대표하는 3명의 선수 중 하나였고 특유의 근성과 펀치 기술, 예술로 승화되었다고까지 평가되었던 킥으로 격투기 팬들의 사랑을 한 몸에 받았던 무적의 챔피언이었습니다. 비록 강태산 선수에게 타이틀을 빼앗겼지만 수많은 팬들은 아직도 그를 챔피언이라 여기고 있습니다. 라이트급을 대표하는 신구의 대결. 전차와 전차의 충돌이라고 불릴 정도였으니 리턴매치가 결정된 순간부터 격투기 팬들은 이 순간을 손꼽아 기다려왔던 것입니다."

"지금 장내에서는 사회자가 주요 인사들을 소개하고 있습니다. 이곳 뉴욕 메디슨 스퀘어 가든에는 수많은 스타들이 이 경기를 보기 위해 와 있습니다. 할리우드의 스타들은 물론이고 세계적인 가수들과 스포츠스타, UFC를 대표하는 챔피언들도 모습을 드러냈습니다. 우리나라에서도 꽤 많은 스타들이 왔죠?"

"그렇습니다. 격투기 광팬으로 알려진 김가을 씨는 영화촬영 스케줄까지 뒤로 미루고 왔다는 소리를 들었습니다."

"김가을 씨와는 텔레비전 프로그램에서 데이트까지 한 사이죠. 정말 김가을 씨는 강태산 선수의 열성적인 팬인 모양입니다……."

"아, 이제 식전 행사가 모두 끝났군요."

신치현이 옥타곤을 보고 말하자 뭔가를 더 말하려던 김세형이 즉각 입을 닫고 서류를 훑었다.

옥타곤에서는 장내 아나운서가 두 선수의 전적을 소개하고 있었다.

"맥도웰 선수 정말 대단한 전적을 가지고 있습니다. 24전 23승 1패입니다. 그 1패가 강태산 선수에게 진 것이죠?"

"여러분도 잘 알다시피 2라운드에 KO를 당했습니다. 당시 강태산 선수가 쓴 변형 플라잉니킥은 지금도 UFC측에서 홍보 영상으로 만들어 보여줄 정도로 대단한 기술이었습니다."

"드디어 강태산 선수의 전적이 소개됩니다. 17전 17KO승. 단 한 번도 패배를 하지 않은 진정한 무적의 챔피언. 강태산 선수가 소개됩니다."

"무시무시하죠. UFC에서 전무후무한 전적입니다. 아마 이런 전적은 오랫동안 깨지지 않을 것입니다."

"말씀드리는 순간 레퍼리가 양 선수를 옥타곤의 중앙으로 불러 모았습니다. 긴장되는 순간입니다. 여러분 강태산 선수를 응원해 주십시오. 곧 세기의 대결. 강태산 선수와 맥도웰의 경기가 펼쳐집니다."

레퍼리의 주의 사항을 들은 강태산은 맥도웰의 주먹에 자신의 주먹을 부딪힌 후 코너로 돌아왔다.

"삐잉!"

세컨 아웃이 되었고 곧이어 경기를 시작하는 부저가 길게 울렸다.

옥타곤을 빠져나가는 김 관장과 김만덕의 얼굴은 긴장과 걱정으로 잔뜩 굳어 있었다.

천천히 걸어 나가자 양선수를 확인한 레퍼리가 자신의 팔을 밑으로 내리 그었다.

경기를 알리는 신호.

강태산은 맥도웰을 향해 서서히 다가섰다.

그런 그를 향해 맥도웰 역시 다가왔다.

하지만, 그냥 다가온 것이 아니라 강력한 라이트 훅을 동반한 접근이었다.

쉬익.

방심은 하지 않았지만 워낙 급작스러운 공격이었기 때문에 더킹을 했어도 가딩이 흔들렸다.

옆으로 한 걸음 빠져나가며 거리를 두었다.

무엇이라도 잡아먹을 것 같은 맥도웰의 잿빛 눈빛이 강태산의 눈을 정확하게 주시하고 있는 것이 보였다.

역시 정면 대결인가?

거리를 두며 빠져나간 강태산을 맥도웰은 그냥두지 않았다.

이번에는 예술이라고 불리는 왼쪽 바디킥이 날아왔다.

허리를 틀어 킥을 흘리고 라이트 스트레이트를 맥도웰의 안면을 향해 찍어냈다.

킥을 날리는 순간 반격을 당하면 정상적인 자세보다 균형이 높기 때문에 회피 기동이 쉽지 않다.

그러나 맥도웰은 교묘하게 고개를 돌려 강태산의 펀치를 피해낸 후 거칠게 양 훅을 날려 왔다.

웅~ 웅~

마치 해머로 휘두르는 것과 같은 소리가 머리 위를 스쳐 지나갔다.

빠르다, 그리고 강력하다.

강태산은 슬쩍 코끝을 찡그린 후 가볍게 좌우로 돌았다.

확실히 저번 시합과는 달랐다.

맥도웰은 펀치의 무게와 스피드를 집중적으로 연마한 것이 분명했다.

관조를 통한 깨달음.

시합에서 진 이유를 그는 펀치 스피드에서 밀렸기 때문이라고 판단했던 모양이었다.

정확한 분석이다.

사실 맥도웰 정도의 레벨이라면 기술면에서는 완벽에 가깝다고 볼 수 있었는데 강태산에게 진 것은 펀치의 스피드와 방어 능력이 부족했던 것이 가장 큰 원인이었다.

강태산의 눈이 번쩍이기 시작한 것은 맥도웰의 로우킥에 왼쪽 허벅지를 가격당한 후부터였다.

승부를 원하는가, 맥도웰.

진정으로 네가 정면 대결을 원한다면 그렇게 해주마.

강태산의 전진이 시작되었다.

특유의 불꽃같은 인파이팅.

화살같이 터지는 레프트 잽, 따라 들어가는 라이트 스트레이트.

맥도웰이 가딩으로 막으며 위빙과 더킹으로 피했지만 강태산의 펀치는 그냥 돌아오지 않았다.

연사.

그렇다. 무림에서 활동할 때 그는 적이 피한다고 해서 칼을 그냥 거둔 적이 한 번도 없었다.

강태산은 맥도웰이 방어를 하면서 날리는 펀치를 교묘하게 피한 후 빛살처럼 빠르게 양 훅과 스트레이트를 번갈아 던졌다.

'팡, 팡, 팡.'

강태산의 펀치가 맥도웰의 가드에 부딪칠 때마다 북이 터지는 소리가 들렸다.

전력을 기울인다.

강자를 대하는 예우, 그리고 또 하나의 이유는 바로 그 자신이 최강이라는 것을 입증하는 것이다.

지금까지의 경기는 자신을 위해 싸워온 것들이었다.

적의 몸에서 흘러나오는 피와 펀치를 맞으면서 느꼈던 쾌감. 짐승처럼 헐떡이는 상대의 숨소리. 그리고 고통으로 일그러진 얼굴.

언제나 피 묻은 칼을 씻으면서 살아왔던 인생이었다.

그 속을 파고들며 심신을 갉아먹은 허무는 죽을 만큼 괴로운 것이었고 슬픔이었으며 고통이었다.

격투기를 시작한 것은 그러한 절망을 피하기 위한 수단이었으니 모든 시합에서 치고받는 난타전을 펼쳐 그 고통을 줄이고 싶었다.

하지만 이 시합은 다르다.

이 시합은 자신을 위한 것이 아니라 그가 대한민국 국민들에게 주는 선물이었다.

시름에 빠져 있는 조국의 정신을 일깨우는 일전이다.

그랬기에 강태산은 옥타곤에 오른 후 단 한 번도 웃음을 보이지 않았다.

견디다 못한 맥도웰이 전진을 멈추고 주춤 뒤로 물러서자 강태산의 다리가 교묘한 각도로 꺾이며 45도로 휘어졌다.

'빠악!'

완벽한 가딩을 하고 있는 얼굴이 아니라 비어 있는 옆구리가 목표였다.

후진하던 맥도웰이 걸음을 멈추고 거칠게 양 훅으로 반격을 해왔다.

그러나 강태산은 전진을 멈추지 않았다.

더킹으로 맥도웰의 주먹을 피한 강태산은 곧바로 파고들며 라이트 보디와 레프트 어퍼컷을 날렸다.

처음으로 충격을 준 공격.

맥도웰은 급히 가드를 내려 라이트 보디 공격은 막았지만 불시에 터진 레프트 어퍼컷의 방어에 실패했다.

고개가 덜컥 들린 맥도웰이 휘청하며 뒤로 물러섰다.

먹이를 노리는 맹수.

강태산은 뒤로 물러서는 맥도웰을 그냥 두지 않았다.

미친 듯 좌우 훅으로 반격을 하는 맥도웰의 공격을 가드로 쳐내면서 강태산은 스트레이트를 뻗어냈다.

'위잉'

토네이도 스트레이트.

펀치력을 증강시키기 위해 강태산이 준비했던 비장의 무기가 드디어 모습을 드러냈다.

위기를 느낀 맥도웰이 왼팔로 가딩을 했으나 스트레이트는 가딩을 뚫고 들어가 정확하게 안면을 때리고 돌아왔다.

비록 가딩에 막혀 위력이 반감되었겠지만 그것만으로도 맥도웰의 균형을 무너뜨리기에는 충분했다.

와아~ 와아~

함성과 비명 소리가 교차되면서 강태산의 귀를 파고들었다.

경기가 시작된 지 불과 1분.

그 짧은 순간이 지났을 뿐인데도 관중들은 온몸을 떨어대며 열광 속으로 빠져들고 있었다.

맥도웰이 안간힘을 쓰면서 미친 듯 반격을 가해 왔지만 강태산은 물러서지 않았다.

이런 전쟁을 원했다.

일방적인 것이 아니라 위험이 도사린 전쟁을 말이다.

언제 목숨을 잃어버릴지 모르는 전쟁은 긴장과 흥분, 그리고 머릿속을 온통 태워 버리는 전율을 준다.

맥도웰의 라이트가 머리를 때리고 빠져나갔다.

대신 강태산의 레프트 바디가 맥도웰의 옆구리를 창처럼 찔렀다.

그러자 이번에는 로우킥이 날아왔다.

묵직한 충격이 발끝에서 허벅지를 통해 뇌로 전달되었다.

맥도웰은 다른 작전을 아예 생각조차 하지 않은 모양이었다.

오직 하나.

자신의 주먹과 방어술을 믿고 이 경기를 끝장 보고 싶었던 것이 분명했다.

잠시 주춤한 사이 맥도웰의 레프트 스트레이트가 가드를 뚫고 얼굴을 훑었다.

고개가 흔들렸다.

역시 펀치의 위력이 무시무시하다.

정신이 멍해질 정도로.

하지만 강태산의 주먹은 잠시도 쉬지 않고 속사포처럼 맥도웰의 전신을 향해 날아갔다.

목숨을 건 결투는 사소한 피해를 무시해야 목숨을 부지할 수 있는 법이다.

팔, 다리가 끊겨도 적의 목을 딸 수만 있다면 승리는 살아남은 자의 몫이다.

강태산의 펀치는 마치 면도날처럼 맥도웰의 전신을 두들겼다.

그냥 돌아오는 법이 없었다.

빈 허공을 가르는 펀치는 찾아보기 어려울 정도로 그의 주먹은 맥도웰의 전신을 예리하게 두들긴 후 빠져나왔다.

완벽할 정도의 방어막을 펼친 맥도웰의 가딩은 강태산의 펀치에 의해 수초처럼 흔들렸다.

그럼에도 정타를 허용하지 않으며 위빙과 더킹으로 급소를 피한 후 반격을 멈추지 않았다.

무서운 정신력.

다시는 질 수 없다는 투지와 오기.

그의 잿빛 눈은 처절하게 보일 만큼 가라앉은 채 끊임없이 강태산의 펀치를 주시하고 있었다.

상황이 변한 것은 맥도웰이 작심하고 강태산의 라이트 스트레이트를 피하면서 카운터펀치를 날릴 때였다.

'쾅!'

＊　　　＊　　　＊

강태산은 맥도웰이 자신의 펀치를 피하는 순간 이미 허리를 반쯤 꺾은 상태였다.

그리고 맥도웰의 크로스 카운터가 날아올 때 레프트 훅을 연사시켰다.

이미 예측을 하고 있었기에 가능한 공격이었다.

정확하고도 빠른 레프트 훅이 맥도웰의 강력한 라이트 훅과 교차되면서 얼굴을 흔들었다.

비틀.

단 한방에 견고한 방어막을 구축하고 있던 맥도웰의 균형이 크게 무너졌다.

그러나 맥도웰은 충격을 입은 상태에서도 급히 뒤로 물러나며 따라 들어오는 강태산을 향해 펀치를 난사했다.

눈 깜빡할 사이에 쏟아지는 맥도웰의 펀치.

대미지를 입었음에도 그의 펀치에서는 독사의 울음소리 같은 파공성이 흘러나왔다.

방어를 위한 공격임이 분명하다.

접근 경로에 펀치를 난사한 것은 방어막을 형성해서 강태산의 추가 공격을 제동시키기 위함이었다.

강태산은 서두르지 않았다.

매의 눈으로 펀치를 흘려낸 그는 침착하게 레프트 잽으로 거리를 확보하면서 계속해서 맥도웰을 뒤로 물러서게 만들었다.

날아가는 화살.

강태산의 레프트 잽은 팽팽하게 당겨진 시위에서 쏘아진 화살과 같았다.

팡, 팡!

빠르다, 그리고 정확하다.

면도날처럼 예리한 강태산의 레프트 잽이 연이어 맥도웰의 펀치를 뚫고 안면을 흔들어 놓았다.

대미지를 받은 상태에서 균형마저 흔들어 놓은 레프트 잽이 연속으로 들어가자 결국 맥도웰이 멈췄던 두 다리는 뒤로 후퇴했다.

계속되는 러시.

강태산은 다시 한 번 레프트 잽을 가동시킨 후 곧이어 보디 공격과 로우킥을 동시에 터뜨렸다.

집중적으로 머리 쪽을 방어하던 맥도웰의 몸이 또다시 휘청거렸다.

적을 쓰러뜨리기 위한 사전 공작.

면밀한 방어선을 구축한 적을 때려잡는 건 작은 틈을 파고 들어가 균열을 일으키는 것이 최상의 방법이다.

연속되는 로우킥과 보디공격에 맥도웰의 가드가 쳐지기 시작했다.

강태산은 집요하게 맥도웰의 다리를 공략했는데 킥의 정확성과 속도는 충격을 주기에 충분히 파괴적이었다.

하체 공격을 더 이상 견디지 못한 맥도웰이 얼굴을 가렸던 완벽한 가딩을 풀면서 앞으로 전진해 나왔다.

이대로라면 불리한 경기가 될 수밖에 없다는 판단을 내린 모양이었다.

윙, 윙.

특유의 해머 펀치가 무차별적으로 강태산의 목줄기를 금방이라도 물어뜯을 것처럼 난사되었다.

역시 강한 적이다.

자신의 불리함을 공격으로 만회하는 전략은 모든 고수들이 본능적으로 장착한 무기였다.

맥도웰은 펀치만 휘두른 게 아니라 몸 전체를 던지며 압박해 왔다.

당장에라도 몸통을 끌어안고 그라운드로 내려갈 수 있는 곳까지 접근해 왔던 것이다.

상체와 상체가 맞닿은 상태에서 두 선수의 펀치가 무수하게 교차되었다.

관람하는 사람들의 시선이 어지러울 정도로 엄청난 타격전.

맥도웰의 접근에 강태산은 전혀 물러서지 않고 펀치를 퍼부었다.

이제 사람들은 광란에 가까운 비명을 지르고 있었다.

설명은 길었으나 경기를 시작한 지 불과 2분이 조금 넘은 시간이었다.

그럼에도 두 선수가 펼치고 있는 전투는 그 어떤 경기보다 살벌했고 무시무시했다.

저절로 쥐어지는 손.

주먹 쥔 손에서는 땀이 그득 담겨 있을 만큼 관중들은 무아지경의 열광 속에 빠져들었다.

"강태산 선수, 라이트 훅. 이어지는 레프트 보디. 맥도웰 선수 왼쪽으로 돕니다. 맥도웰의 라이트 훅. 강태산 선수 맞았습니다. 그러나 반격하는 강태산. 어깨로 맥도웰을 밀어내며 라이트 스트레이트를 뿜어냅니다. 휘청하는 맥도웰. 라이트 스트레이트가 정확하게 들어갔습니다. 그러나 맥도웰 파고듭니다. 맥도웰의 갑작스러운 테이크 다운. 강태산 선수 피했습니다. 위험한 순간이었습니다."

"난타전에 이은 맥도웰의 테이크다운은 전매특허입니다. 여러 선수가 저 테이크다운에 걸려서 패배를 기록했죠. 맥도웰의 파운딩 능력은 발군입니다. 절대 테이크다운을 당하면 안 됩니다."

"그렇습니다. 강태산 선수, 다시 접근합니다. 정말 대단한 투집니다. 절대 물러서지 않는군요."

"맥도웰의 어퍼컷을 조심해야 합니다. 접근전에서 맥도웰의 어퍼컷에 걸리면 그대로 경기가 끝날 수 있습니다."

불안했을까?

아마도 그랬을 것이다.

이미 김세형과 신치현은 자리에서 일어난 채 중계를 하고 있었다.

그것은 폭스 TV의 캐스터와 해설자도 마찬가지였다.

모든 관중들이 일어선 것처럼 그들은 일어선 채 옥타곤을 향해 소리를 지르고 있었는데 방송을 하는 건지 비명을 지르는 건지 모를 지경이었다.

김세형은 신치현이 말을 하는 동안 얼른 옆에 있는 물병을 들어 입에 들이부은 후 입을 열었다.

"강태산 선수, 다시 러시를 시작합니다. 레프트 잽에 이은 라이트 훅. 아깝습니다, 가드에 걸렸습니다. 하지만 강태산 선수, 이번에는 로우킥입니다. 정확히 들어갔습니다. 후퇴하는 맥도웰. 그러나 반격을 합니다. 이번에는 맥도웰이 공격을 합니다. 강태산, 더킹과 위빙으로 막아내고 몸으로 밀어냅니다. 밀어내면서 라이트 훅, 걸렸습니다. 맥도웰 걸렸습니다. 강태산 선수 따라 들어갑니다."

"대미지를 입었습니다. 보디가 비었습니다. 보디를 때려야 합니다. 아, 니킥을 조심해야 됩니다. 빗겨 맞았습니다. 다행입니다."

누가 캐스턴지 누가 해설자인지 알 수 없었다.

김세형과 신치현은 두서를 가리지 않고 옥타곤을 바라보면서 정신없이 떠들었다.

그만큼 치열했다.

정신없이 주고받는 주먹과 킥.

지금까지 중계방송을 하면서 이토록 많은 주먹과 킥이 작렬한 경기는 처음이다.

말을 마친 신치현이 물병을 드는 순간 김세형이 두 눈을 부릅떴다.

갑자기 변한 경기의 양상.

강태산이 맥도웰의 레프트 혹을 피하면서 강력한 라이트 스트레이트를 적중시켰던 것이다.

"강태산 선수. 강력한 펀치를 적중시켰습니다. 비틀거리는 맥도웰. 물러납니다. 충격을 받은 것 같습니다. 따라 들어가는 강태산. 또다시 라이트 혹. 계속되는 레프트 보디. 맥도웰 위깁니다."

"완전히 충격을 받았습니다. 강태산 선수, 여기서 끝을 내야 합니다!"

김세형과 신치현이 동시에 팔을 들어 올리며 소리를 질렀다.

옥타곤에서는 강태산이 마치 전차처럼 맥도웰을 몰아붙이고 있는 중이었다.

강태산은 비틀거리며 빠져나가는 맥도웰을 향해 빠르게 접근했다.

이제 끝낸다.

적의 칼이 무뎌졌고 균형이 무너졌으니 강한 정신이 살아 있어도 충분히 목을 칠 수 있었다.

시간을 주면 안 된다.

맥도웰의 잿빛 눈은 아직도 그를 바라보면서 마지막 반격의 순간을 노리고 있었다.

마치 피를 흘리는 야수처럼 말이다.

방어를 위해 난사하는 펀치 사이를 뚫고 들어가며 엘보 공격을 퍼부었다.

접근전에서는 펀치보다 엘보 공격이 훨씬 더 무서운 위력을 나타낸다.

피스톤처럼 양쪽 엘보가 맥도웰의 안면을 파고들었다.

가드를 하면서 막기 위해 안간힘을 썼으나 맥도웰의 안면은 강태산의 엘보에 의해 피로 물들기 시작했다.

그때 맥도웰이 허리를 붙잡았다.

더 이상 견디지 못한 그는 시간을 끌기 위해 상체의 균형을 끌어내려 테이크다운을 노렸다.

그러나 강태산은 허리를 잡아오는 그의 목덜미를 잡아챈 후 빠르게 몸을 회전시켰다.

작용 반작용의 원리에 의해 맥도웰이 휘청이며 왼쪽으로 팅겨 나갔다.

서두르지 않는다.

숨통이 끊어지는 그 순간까지 철저하게 짓밟는다.

강태산은 왼쪽으로 팅겨나간 맥도웰을 따라잡으며 라이트 어퍼컷을 추켜올렸다.

아직 고개를 숙이고 있는 적에게 가장 효율적인 공격이었다.

기중기에 끌려 올려 진 것처럼 맥도웰이 고개가 덜컥 올라
갔다.

하지만 그 고개는 더 이상 내려오지 않았다.

강태산의 토네이도 스트레이트가 들려진 맥도웰의 안면에
정확하게 틀어박혔던 것이다.

"맥도웰, 버팁니다. 테이크 다운. 피해야 합니다. 강태산 선
수 몸을 비틀어 빠져나왔습니다. 다행입니다. 다행입니다. 강
태산 선수 대쉬합니다. 악… 레프트 어퍼컷. 정확하게 들어갔
습니다. 비틀거리는 맥도웰. 또다시 라이트 스트레이트. 쓰러
집니다. 맥도웰 다운되었습니다. 레프리가 뛰어듭니다. 만세,
강태산 선수 맥도웰을 잡았습니다. 무적의 챔피언 강태산 선
수, 타이틀을 방어했습니다."

"정말 어마어마합니다. 강태산 선수. 무서운 피니시블로였습
니다."

김세형과 신치현은 맥도웰이 쓰러져서 일어서지 못하자 제
자리에서 펄쩍펄쩍 뛰었다.

감동.

절치부심 끝에 타이틀에 도전한 맥도웰은 진땀이 흐를 정
도로 강한 상대였다.

시합이 진행되는 동안 얼마나 가슴을 졸였단 말인가.

그들은 어느새 서로를 부둥켜안고 있었는데 붉어진 얼굴로 치밀어 오르는 감동을 식히느라 무진 애를 썼다.

"관중들의 함성을 들어보십시오. 마치 메디슨 스퀘어 가든이 떠나갈 것 같습니다. 고국에 계신 국민 여러분도 지금 이 순간 열렬한 환호성을 보내주고 계시겠지요. 자랑스러운 강태산 선수, 두 팔을 번쩍 추켜올리고 있습니다."

"같은 대한민국 국민으로서 정말 자랑스럽습니다. 오늘 보여준 강태산 선수의 경기는 지금까지 펼친 경기 중에서 백미에 꼽힐 것 같습니다. 그만큼 대단한 경기였습니다."

"정신을 잃었던 맥도웰 선수, 일어섭니다. 강태산 선수가 다가가서 위로를 해주는군요."

"멋진 스포츠맨십입니다. 승자로서 패배한 선수에게 위로를 하는 모습은 아름다운 것입니다."

"이런 선수를 배출한 대한민국에서 산다는 것이 너무나 자랑스럽습니다. 강태산 선수는 대한민국이 낳은 영웅입니다."

"김영철 관장이 우는군요. 마음고생이 심했던 모양입니다."

"얼마나 훈련하면서 고생을 했겠습니까. 강태산 선수를 키운 분이시죠?"

"그렇습니다. UFC는 물론이고 각종 격투기 단체에서는 김영철 관장을 세계 3대 트레이너로 꼽고 있습니다. 그동안 보여주었던 강태산 선수의 기술들은 전부 김영철 관장이 훈련시킨 것으로 알려져 있거든요."

"말씀드리는 순간 레퍼리가 강태산 선수의 손을 번쩍 치켜
듭니다. 승자는 챔피언 강태산 선수입니다. 1라운드 3분 27초만
의 KO승입니다. 자랑스러운 모습. 이로서 강태산 선수는 18전
18KO승을 기록하게 되었습니다. 신 위원님, 강태산 선수의 질
주가 어디까지 갈 수 있을까요?"

"이대로라면 라이트급에서는 강태산 선수를 상대할 선수가
없다고 봐도 무방할 정도입니다. 물론 상위 랭커에 있는 선수
들이 전부 강자들이지만 강태산 선수를 상대하기에는 부족하
다는 생각이 드는군요."

"아… 말씀드리는 순간 맥도웰을 쓰러뜨리는 장면이 나옵니
다. 라이트 스트레이트였죠?"

"잠시만요. 저것은 그냥 스트레이트가 아닌 것 같습니다."

"무슨 말씀이시죠?"

"주먹이 일직선으로 뻗어나가지 않았습니다. 보이십니까?"

"스트레이트가 원래 저런 게 아닌가요?"

"아닙니다. 아니에요. 스트레이트는 최단거리에서 공격하는
기술입니다. 준비된 상태에서 직선으로 주먹을 내뻗는 것이지
요. 하지만 강태산 선수의 주먹은 비틀어져 나갔습니다. 저것
은 토네이도 스트레이트가 분명합니다."

"그게 어려운 기술입니까?"

"그렇습니다. 토네이도 스트레이트는 치명적인 장점과 약점을 동시에 가지고 있는 기술입니다. 펀치의 위력을 강화시켜 적중되었을 때의 대미지가 대단하지요. 반면에 일반적인 스트레이트보다 준비하는 시간이 깁니다. 다시 말씀드리면 펀치의 스피드가 떨어진다는 단점이 있다는 것입니다. 하지만 강태산 선수의 토네이도 스트레이트는 그런 단점을 극복한 것 같습니다. 피나는 노력이 없다면 불가능에 가까운 것이지요. 화면에서 계속 마지막 장면을 보여주는 것도 같은 이유 때문일 겁니다."

"그렇다면 강태산 선수는 이번에도 엄청난 기술을 보여주었다는 것이군요."

"정확합니다."

신치현이 지체 없이 고개를 끄덕였다.

김세형은 무엇인가 더 묻고 싶은 것이 있었던 듯 입술을 달싹였지만 곧바로 화제를 돌렸다.

"말씀드리는 순간, 강태산 선수의 인터뷰가 시작됩니다. 자랑스러운 강태산 선수의 인터뷰를 들어보겠습니다."

민머리 장내 아나운서 화이나 삭스가 강태산에게 마이크를 내밀었다.

"축하합니다, 챔피언."

"감사합니다."

"오늘 경기는 정말 대단했습니다. 마치 물소들이 칼을 물고 싸우는 것처럼 엄청난 경기였습니다. 맥도웰 선수의 압박이 엄청났는데 어땠습니까?"

"맥도웰 선수는 이 경기를 위해 피나는 노력을 한 모양입니다. 이전 경기보다 훨씬 강한 모습이었습니다."

"위기의 순간은 없었습니까?"

"워낙 맥도웰 선수의 펀치력이 강했기 때문에 순간순간이 모두 위기의 순간이었습니다."

"겸손의 말이겠지만 사실로 들리기도 합니다. 그만큼 대단한 경기였으니까요. 챔피언, 마지막 펀치는 무엇이었습니까?"

"토네이도 스트레이트였습니다."

"제가 알기로 토네이도 스트레이트는 익히기가 무척 어렵다고 들었습니다. 이번 경기를 위해 특별히 훈련하신 건가요?"

"그렇습니다."

"강태산 선수는 매 경기마다 팬들을 흥분시키는 기술을 보여주는군요. 정말 대단합니다. 마지막으로 하고 싶은 말씀이 있습니까?"

"있습니다."

강태산이 화이나 삭스를 향해 웃음을 짓더니 그가 들고 있는 마이크를 뺏어 들었다.

그런 후 천천히 옥타곤의 동쪽 철망 쪽으로 걸어갔다.

철망에 도착해서 그가 바라본 건 현 웰터급 챔피언 카니언이 있는 곳이었다.

그는 UFC가 보유한 챔피언 중에서 단연 독보적인 성적을 내고 있는 강자 중의 강자였다.

UFC 3대 챔피언에 언제나 이름을 올리고 있었는데, 지금까지 한 번도 지지 않는 강력한 챔피언으로 벌써 6차례나 타이틀을 방어하고 있는 중이었다.

강태산의 움직임에 모든 관중들의 시선이 한꺼번에 몰려들었다.

그가 왜 그쪽으로 걸어갔는지 이해가 되지 않았기 때문이었다.

하지만 강태산의 시선은 카니언만을 바라보고 있었다.

"카니언, 나는 다음 시합에서 당신과 겨루고 싶소. 수많은 관중들과 팬들이 보고 있는 이 자리에서 공식적으로 도전합니다. 카니언, 도전을 받아주시오!"

제2장
위대한 도전

폭탄선언.

강태산이 마이크를 잡고 카니언에게 다가가 도전을 선언하
자 호기심에 사로잡혀 있던 모든 관중들이 일시에 숨을 죽였
다.

그것은 웰터급 챔피언 카니언도 마찬가지였다.

카니언은 기가 막힌지 황당한 표정을 지은 채 얼떨떨한 표
정을 짓고 있었는데 아무런 말도 하지 못하고 멍하니 앉아 있
을 뿐이었다.

하지만 분위기가 바뀌는 데 걸린 시간은 아주 잠깐이었다.

먼저 메디슨 스퀘어 가든을 가득 메운 관중들이 환호성을 질렀고 뒤이어 폭스 TV를 비롯해서 중계를 나왔던 각종 방송사들의 앵커들이 미친 듯이 울부짓기 시작했다.

반전.

관중들의 미칠 듯한 환호.

그들이 내지르는 함성은 웰터급 챔피언 카니언에게 강태산의 도전을 받아들이라는 열렬한 요구였다.

대형 화면에 모습이 비춰지던 카니언이 자리에서 일어선 것은 관중들의 함성에 더 이상 견디기 힘들었기 때문이었을 것이다.

카니언이 자리에서 일어서자 UFC측에서 부랴부랴 마이크를 그에게 가져다주었다.

그의 얼굴에는 어느새 싸늘한 미소가 자리 잡고 있었다.

"정말 가소로운 일이다. 어린애들 싸움에 내가 구경 온 것은 유흥에 불과한 일이었다. 그런 나에게 도전을 하다니 정말 웃음밖에 나오지 않는구나. 강태산, 나는 누구의 도전도 거부한 적이 없다. 그게 하루살이에 불과한 애송이라 해도 말이다. UFC가 허락해준다면 나는 언제든지 너와 싸울 수 있다. 와라, 단 1분 만에 KO 시켜줄 테니까!"

카니언이 직접 나서서 도전을 받아주겠다는 선언을 해버리자 관중들의 열광은 더욱 커졌다.

얼굴이 일그러질 대로 일그러진 것은 UFC의 톰슨 회장이었다.

강태산이 이번 시합을 끝내면 웰터급으로 전향하겠다는 소리를 들었지만 곧바로 카니언에게 공식적인 자리에서 도전장을 내밀 줄은 꿈에도 생각하지 못했기 때문이었다.

환장할 노릇이었다.

현재 강태산은 세계 최고의 인기를 구가하는 UFC의 톱스타였다.

그의 경기가 벌어질 때마다 UFC는 천문학적인 돈을 벌어들였으니 강태산은 황금알을 낳는 거위나 다름없는 존재였다.

웰터급으로 전향하겠다는 소리를 들었지만 얼마든지 어르고 달랠 수 있다고 생각했다.

세상에 명예와 돈을 싫어하는 놈이 어디 있단 말인가.

그리고 그는 내심 강태산에 대해서 장기적인 플랜까지 짜놓은 상태였다.

몇 차례의 방어전을 더 치르게 하고 본인이 계속해서 우긴다면 천천히 웰터급으로 전향시켜 차근차근 타이틀에 도전시킬 심산이었다.

그랬는데 이런 일이 벌어지고 말았다.

라이트급과 웰터급의 체급차이는 무려 8㎏이나 차이가 난다.

말이 8㎏이지, 한 체급을 올려서 경기를 한다는 것은 어찌 보면 자살 행위나 다름없는 짓이었다.

우선 펀치력에서 차이가 나고 피지컬 면에서도 상대가 되지 않기 때문이다.

강태산이 아무리 뛰어난 선수라 해도 카니언을 상대한다는 것은 불가능에 가까운 일이었다.

그랬기에 톰슨은 인상을 붉은 채 쉽게 자리에서 일어서지 못했다.

그러나 시간은 그의 편이 아니었다.

점점 관중들의 함성은 커졌고 그를 향한 압박이 거대한 폭풍처럼 몰아닥쳤다.

여기서 아무런 말도 하지 않은 채 자리를 피한다는 것은 UFC를 책임지고 있는 수장으로서 있을 수 없는 행동이었다.

만약 강태산이 이곳이 아니라 비공식적인 자리에서 꺼낸 말이었다면 어떡하든 주워 담을 수 있었겠지만 무려 3억 명의 시청자가 보고 있는 생중계에서 공식적으로 던진 도전이었으니 피할 방법이 없다.

피할 수 없다면 정면으로 돌파하는 것이 그가 지금까지 살아온 방식이었다.

관중들의 열화와 같은 함성에 마지못해 자리에서 일어나 옥타곤으로 걸어 들어갔다.

그런 후 장내 아나운서에게 마이크를 건네받고 톰슨은 천천히 입을 열었다.

"안녕하십니까, 관중 여러분. 그리고 시청자 여러분. 저는 오늘 전혀 예상하지 못했던 강태산 선수의 도전을 듣게 되었습니다. 어찌 보면 무모한 도전이고 선수 생명을 단축시키게 되는 대결일지도 모릅니다. 하지만, 저는 강태산 선수의 위대한 도전을 존중할 생각입니다. 인류의 역사는 언제나 도전의 역사였습니다. 불가능을 뛰어넘고자 하는 인간의 의지. 저는 그 의지를 존경하고 사랑합니다. 여러분에게 이 자리에서 약속드리겠습니다. 두 선수의 매치가 최대한 빠른 시간 내에 성사될 수 있도록 최선을 다하겠습니다."

카니언에 이어 톰슨 회장의 공식적인 선언까지 더해지자 관중들은 우레와 같은 박수를 보냈다.

전혀 예상치 못했던 빅 이벤트.

격투기 역사를 뒤바꿔 놓은 새로운 결전이 다가오기 시작했던 것이다.

현수는 꿈같은 시간들을 보냈다.

형이 준비해 준 호텔은 지금까지 한 번도 꿈꿔보지 못했던 최고의 호텔이었다.

그것도 뉴욕 시내의 전경이 한눈에 내려다보이는 로얄층이었기 때문에 현수는 밤이 되면 야경에 취해 제대로 잠을 이루지 못할 지경이었다.

그러나 그것은 아무것도 아니었다.

시합 당일 자리를 찾아 들어간 현수는 너무 기가 막혀 아무런 말도 할 수 없었다.

형이 마련해 준 자리는 최고의 VIP들이 앉는 곳이었는데 주변에는 세계 최고의 미녀라는 그레이스와 농구 황제 그레이트 조던 등 헤아릴 수 없는 스타들이 대거 모습을 드러내고 있었다.

마치 꿈을 꾸는 것만 같았다.

이런 사람들과 같은 공간에서 마주할 수 있다니 정말 꿈이 아닌지 볼을 꼬집고 싶은 심정이었다.

더욱 놀라운 일은 그가 앉은 후 5분 만에 일어났다.

그의 옆자리에 익숙한 얼굴이 천천히 다가와 앉았던 것이다.

대한민국의 슈퍼스타 김가을.

외국의 배우나 팝스타, 스포츠의 영웅들은 그렇다 쳐도 미의 여신이라 불리는 영화배우 김가을이 자신의 옆자리에 앉다니 정말 미치고 펄쩍 뛸 노릇이었다.

더군다나 그녀는 자리에 앉은 후 시간이 조금 지나자 말까지 붙여왔다.

"혹시 한국 분이세요?"

"예, 저는 서현수라고 합니다. 반가워요."

"제가 누군지 알죠?"

"그럼요, 누나를 모르는 대한민국 사람이 어디 있겠어요."

"호호… 고마워요. 그런데 혼자 왔나요?"

"예."

"대학생이에요?"

"한성대학교 1학년입니다."

"어머, 대단해요. 이 먼 곳까지 온 걸 보면 강태산 선수 팬인가 보죠?"

"맞아요. 강태산 선수는 저의 영웅입니다. 뉴스에서 봤어요. 누나도 강태산 선수 엄청 좋아하신다면서요?"

"호호… 그럼요. 강태산 선수 무척 좋아해요."

그렇게 두 사람은 옆자리에 앉아 많은 이야기를 나누었다.

같은 나라 사람이란 친근감은 대한민국 최고의 영화배우와 대학생이란 신분을 뛰어넘는 유대감을 형성하게 만들었다.

두 사람은 나란히 앉아 경기를 관람했다.

윤석호가 경기에 졌을 때는 안타까움을 숨기지 못했고 시간이 지나 강태산이 입장했을 때는 자리에서 벌떡 일어나 응원의 함성을 질러댔다.

하지만 그 함성은 경기가 시작되면서 열광으로 변해갔다.

다른 관중들도 마찬가지였으나 두 사람은 벌떡 일어나 미친 사람들처럼 응원을 했다.

강태산의 펀치가 적중될 때마다 그들은 손뼉을 부딪치며 기뻐했고 맥도웰의 펀치에 맞았을 때는 가슴이 철렁 떨어지는 안타까움에 어쩔 줄을 몰라 했다.

기어코 강태산이 맥도웰을 쓰러뜨렸을 때 두 사람은 서로를 부둥켜안고 만세를 불렀다.

연인의 승리를 기뻐하는 김가을과 영웅의 승리를 기뻐하는 서현수는 신분에 구애받지 않고 처음 본 사이라는 걸 잊은 채 서로를 축하하며 마음껏 웃었다.

잠시도 앉아 있지 못했다.

강태산이 승리를 하고 인터뷰를 할 때도 그들은 자리에 앉지를 않았다.

그러던 한 순간 강태산이 웰터급 챔피언 카니언을 향해 폭탄선언을 했을 때 두 사람은 동시에 얼어붙고 말았다.

이게 무슨 소리지.

도대체 왜?

두 사람의 마음속에 자리 잡은 것은 열광과 환호가 아니라 불안과 초조뿐이었다.

뭔가 잘못되었다.

대한민국의 영웅이자 그들의 영웅은 오래도록 국민과 그들에게 자부심과 자긍심을 심어줘야 하는 존재였다.

그런 강태산이 무모한 도전을 하다니… 정말 당장에라도 뛰어올라가 말리고 싶을 뿐이었다.

"강태산 선수 이게 무슨 소립니까. 말도 안 되는 일이 벌어지고 있습니다. 설마 그냥 해본 소리겠지요?"

"아닙니다. 강태산 선수는 이런 자리에서 허언을 할 사람이 아닙니다. 제가 봤을 때 강태산 선수는 정말 카니언과 싸우고 싶어 하는 것 같습니다."

김세형의 황당한 표정을 대하면서 신치현이 어두운 얼굴로 대답했다.

그의 표정이 어두워진 것은 라이트급에서 웰터급으로 전향하는 것이 얼마나 어려운 일이지 너무나 잘 알기 때문이었다.

김세형의 목소리는 차분하게 가라앉아 있었다.

신치현의 어두워진 표정은 그의 목소리를 저절로 가라앉게 만들었다.

"신 위원님. UFC 역사상 이런 일이 있었나요?"

"단연 없습니다. 오래전 불세출의 영웅이라 불리던 맥그리거 선수가 페더급에서 두 단계나 뛰어넘어 웰터급의 디아즈 선수와 경기를 벌인 적이 있지만 그것은 일종의 쇼나 다름없는 것이었습니다. 디아즈 선수는 그 당시 웰터급에서 톱클래스의 선수가 아니었고 맥그리거의 체중 역시 현재의 강태산 선수보다 더 나가는 상태였습니다. 물론 맥그리거 선수는 한 체급 위인 라이트급을 점령했지만 그것은 페더급과 라이트급이 불과 5kg도 차이나지 않기 때문에 가능했던 일입니다. 라이트급과 웰터급은 무려 8kg이 차이가 납니다. 더군다나 상대는 무적의 챔피언 카니언이잖습니까. 정말 매치가 성사된다면 강태산 선수에겐 더없이 불리한 일전이 될 것입니다."

"아 말씀드리는 순간 카니언 선수가 자리에서 일어섰습니다. 카니언 선수 강태산의 도전을 받아들이겠다며 강태산 선수를 비웃고 있습니다. 카니언이 자극을 하고 있군요. 저 선수는 원래 상대방을 얕보는 것으로 유명하지요?"

"매너가 좋지 않은 것으로 널리 알려진 챔피언입니다. 상대를 무시하는 행동을 밥 먹듯 하기 때문에 언제나 화제를 뿌리곤 합니다. 그럼에도 팬들에게 엄청난 인기를 얻고 있는 것은 그의 실력이 그만큼 뛰어나기 때문입니다."

"카니언이 도전을 받아들이겠다고 선언하자 관중들이 톰슨 회장을 외치고 있습니다. 톰슨 회장에게 시합을 추진하라는 압력을 보내는 거겠지요?"

"그렇군요. 관중들은 흥미진진한 경기를 원합니다. 하지만 우리 대한민국 응원단은 조용하게 지켜보고 있습니다. 그만큼 어려운 경기라는 걸 알고 있기 때문입니다."

그의 말대로 태극기를 온몸에 두르고 있던 대한민국 관중들은 누구하나 소리를 지르지 않고 상황을 지켜보고 있었다.

승리의 기쁨.

그 기쁨을 삽시간에 잊은 듯 태극기의 물결은 잠잠해진 바다처럼 동편 스탠드에서 미동조차 하지 못하고 있었다.

김세형의 입이 다시 열린 것은 신치현의 지적에 의해 그의 눈이 동쪽 스탠드 쪽을 다녀온 후였다.

"당연히 톰슨 회장은 반대하지 않겠습니까?"

"지금 상황에서는 시합을 추진하기 어려울 겁니다. 강태산 선수는 현재 UFC를 대표하는 톱스타입니다. 무모한 경기에 톰슨 회장이 강태산 선수를 출전시킬 이유가 없습니다. 그래서는 안 되는 일이기도 하고요."

바람일 것이다.

김세형도 신치현도 톰슨이 이 시합을 반대해 주길 간절히 원하는 표정을 짓고 있었다.

그런 바람에도 불구하고 톰슨이 자리에서 일어나 옥타곤으로 올라가자 두 사람은 동시에 침을 꿀꺽 삼켰다.

긴장되는 순간.

그의 입에서 어떤 이야기가 나오느냐에 따라 대한민국 전체가 술렁거리게 된다.

드디어 톰슨이 관중들의 성원과 강태산의 위대한 도전을 받아들여 시합을 추진하겠다는 말이 나오자 두 사람은 동시에 침묵을 지켰다.

결국 있어서는 안 되는 일이 벌어지고 말았던 것이다.

"국민 여러분, 전혀 예상치 못했던 일이 벌어지고 말았습니다. 다시 한 번 말씀드립니다. UFC의 톰슨 회장이 강태산 선수의 도전을 받아들여 웰터급 챔피언, 카니언과의 시합을 추진하겠다는 발표를 했습니다. 과연 이 시합이 벌어질 수 있을지 귀추가 주목됩니다. 우리의 강태산 선수. 갑작스러운 그의 도전에 저희조차도 얼떨떨한 심정입니다. 과연 강태산 선수는 체중의 한계를 뛰어넘어 카니언을 쓰러뜨릴 수 있을까요. 언제 어느 때, 강태산 선수와 카니언의 대결이 성사될지 궁금할 따름입니다. 저희 JYN은 계속해서 이 세기의 대결의 성사 여부를 집중 취재 해서 보도해 드릴 것을 약속드립니다. 기대해 주십시오!"

*   *   *

김윤석과 김환석 형제는 잘 가는 삼겹살집에서 강태산의 경기를 지켜봤다.

집에서는 마누라가 시도 때도 없이 잔소리를 했기 때문에 동생과 상의해서 마음 놓고 경기를 볼 수 있는 곳을 찾았던 것이다.

경기 내내 가게에 있는 손님들과 함께 일어나 고래고래 소리를 질러댔다.

강태산의 무차별적인 러시가 있을 때마다 그들은 주먹을 휘두르며 승리를 간절히 기원했다.

그들의 염원이 통했을까.

기어코 강태산이 맥도웰을 쓰러뜨렸을 때 서로를 부둥켜안고 만세를 불렀다.

그건 가게에 있던 열 명 남짓한 손님들도 마찬가지였다.

가게는 온통 난장판으로 변했는데 거기에는 사장도 동조해서 공짜 술이 난무를 했다.

하지만 강태산의 인터뷰가 끝난 후 그들 형제와 손님들의 입이 동시에 닫혔다.

기어코 김윤석이 입이 열린 것은 톰슨이 옥타곤에 올라왔을 때였다.

"저게 무슨 개소리야!"

김윤석은 강태산의 승리를 자축하면서 동생인 김환석과 연신 술잔을 부딪치다가 이상하게 돌아가는 상황을 보고 입에 거품을 물었다.

그는 격투기의 광팬이기 때문에 카니언의 경기를 거의 다 본 사람이었다.

카니언.

무차별적인 도살자.

경기를 하는 내내 상대를 짓이겨 놓는 그의 경기 스타일은 잔인하기로 유명했고, 실력 또한 뛰어나서 무적을 구가하는 놈이었다.

"저 씨발놈들은 뭐가 좋아서 저 난리래. 경기를 이겨서 흥분한 마당에 그냥 해본 소릴 가지고 저런 염병을 떠는 건 뭐냐고!"

이번에는 김환석이 소리를 질렀다.

화면에서는 톰슨이 경기 일정을 잡겠다는 약속을 했기 때문에 전 관중이 일어나서 환호를 보내는 중이었다.

"환장하겠군."

"형, 이러다가 정말 경기가 벌어지는 거 아냐?"

"생중계에서 저렇게 떠들어 놨는데 어쩌겠냐. UFC가 어디 동네 구멍가게도 아니고. 저 새끼 하는 짓을 보니까 진짜 추진할 모양이다."

"우와, 미치겠네. 강태산, 저놈은 도대체 왜 저런 짓을 벌인 거야. 라이트급에서 경기를 하면 돈을 무지하게 벌 텐데 말이야. 이번에도 400억 정도 받았다며?"

"그렇게 안 봤는데 또라이인가 봐. 저놈 맥도웰한테 몇 대 맞더니 정신이 어떻게 된 게 분명해."

"그런데 이길 수 있을까?"

"이기긴 뭘 이겨. 저 새끼는 진짜 도살자라니까!"

"강태산도 대단하잖아. 벌써 18전 전승 KO승을 기록했다고."

"라이트급하고 웰터급은 상황부터 다르다. 저기 카니언 저 놈 몸 봐라. 마치 탱크처럼 보이잖아. 저런 놈한테 한 대 맞으면 강태산은 골로 갈 거다."

"그래서, 형이 봤을 때는 질 것 같아?"

"당연한 일이야. 이기는 건 기적이라고 생각해. 이건 말도 안 되는 시합이다."

말해 놓고도 기분이 나빴던지 김윤석은 소주잔을 들어 단숨에 입으로 털어 넣었다.

지금 그가 세상에서 가장 사랑하는 사람은 가족들을 제외하고 본다면 강태산이었다.

삶의 활력소.

자신이 이루지 못했던 영웅의 길을 걸어가는 강태산을 볼 때마다 언제나 가슴에서 활력이 일어났다.

돈이 많은 것도 아니고 일이 잘되는 것도 아니었다.

세상을 살아가면서 수많은 고민과 고통을 느꼈지만 강태산이 경기를 이겨줄 때면 그런 것들은 단숨에 허공 속으로 날아가 버렸다.

강태산은 자신보다 훨씬 어렸지만 그의 우상이었다.

그랬기에 우상의 패배를 예상하는 그의 마음은 찢어질 듯이 아팠다.

경기장을 빠져나온 김 관장은 아무런 말도 하지 않았다.

모든 경기 일정을 강태산이 잡는 걸 옆에서 지켜보면서 지금까지 아무런 말도 하지 않았던 것은 그의 능력이 부족하기 때문이었다.

그러나, 아무리 그렇다 해도 이번에 저지른 강태산의 행동은 그를 비참하게 만들기 충분한 것이었다.

강태산은 그에게 행운이었다.

아무것도 없는 그에게 돈과 명예를 쥐어준 강태산은 어렵게 살아온 자신의 인생을 불쌍하게 여긴 하느님의 선물이라 생각했다.

그럼에도 늘 마음이 아팠다.

경기를 준비하면서 나름대로 최선을 다해 노력했으나 강태산은 늘 자신만의 방식으로 상대를 꺾어주었다.

부족한 사람이 누리는 행운의 무게는 생각보다 훨씬 무거웠다.

어떤 때는 잠을 이루지 못한 경우도 많았다.

이 행운을 자신이 받아도 되는지에 대한 의심과 불안, 그리고 사람들을 속이고 있다는 미안함 때문이었다.

그렇다.

강태산은 그가 만들어낸 결과물이 아닌, 스스로 육성된 투사였다.

이제 정말 떠날 때가 되었다.

남을 속이는 것보다 더 큰 괴로움은 스스로를 속이는 짓이다.

아무 능력도 없으면서 강태산이라는 놈을 얽어매고 있는 것은 삶을 피폐하게 만들기에 충분했다.

강태산이 떠나면 만덕체육관은 예전처럼 되돌아가 관원들을 찾아보기 힘든 그저 그런 체육관으로 변할 것이다.

그럼에도 싫다.

자신을 속이고 남을 속이는 짓은 더 이상 하고 싶지 않았다.

길고 긴 침묵.

김 관장이 침묵 속에 빠져들자 스태프들도 따라서 입을 닫았다.

어둡고 칙칙한 분위기가 라커룸을 가득 채우며 숨 막히는 침묵을 만들어냈다.

강태산은 그런 분위기 속에서 샤워를 한 후 옷을 갈아입었다.

그런 후 천천히 김 관장을 향해 다가갔다.

"화나셨습니까?"

"화난 거 아니다."

"그럼 왜 그러세요?"

"아무리 생각해도 이젠 그만둬야 할 때가 된 것 같구나. 태산아, 내 능력으로는 너를 케어할 수 없다. 그러니 이제 그만 가라."

"이 먼 뉴욕 땅에서 저보고 어디로 가란 말입니까?"

강태산이 빙긋 웃음을 지으며 김 관장을 바라보았다.

물론 농담이다. 하지만, 김 관장은 그 농담을 받아들이기 힘들었다.

"넌 슈퍼스타야. 체계적으로 관리해 줄 놈이 필요하단 말이다. 네가 어떤 말을 해도 이번에는 안 된다. 태산아, 이제 나를 그만 놔주면 안 되겠냐?"

"제가 카니언한테 도전한 것 때문에 그러시는 거라면 죄송하게 됐습니다. 하지만 이유가 있었으니 이해해 주면 고맙겠습니다."

"난 그렇게 속 좁은 사람 아니야. 네가 그렇게 판단했으니 그럴만한 이유가 있겠지."

"이유도 안 들어 보실 겁니까?"

"이젠 듣기도 싫다."

"관장님, 저는 이제 격투기를 그만둘 생각입니다. 카니언과의 시합을 원한 건 저의 마지막 시합을 멋있게 끝내고 싶었기 때문입니다."

"뭐라? 격투기를 그만 둬!"

"이제 할 만큼 했잖습니까. 저도 나이가 있는데 결혼도 하고 행복하게 살아야죠. 관장님이 계속하자고 하셔도 더 할 수도 없습니다. 그러니까 마지막까지 함께합시다."

"으……."

김 관장의 입에서 자신도 모르게 신음이 흘러나왔다.

강태산의 말이 전해 준 충격이 너무나 컸기 때문에 그는 신음만 흘린 채 눈을 부릅뜨고 아무런 말도 하지 못했다.

그러나 그것은 그뿐만이 아니었다.

아버지와 강태산의 대화를 지켜보던 김만덕은 물론이고 모든 스태프들까지 충격 속으로 빠져들었다.

지금 강태산은 은퇴를 말하고 있었다.

대한민국의 슈퍼스타 강태산의 은퇴.

지금 강태산의 말은 옥타곤에서 당당한 모습으로 카니언에게 폭탄선언을 한 것보다 수십 배 더 받아들이기 힘든 사실이었다.

김 관장이 놀란 입을 추스르고 다시 입을 연 것은 그의 은퇴를 절대 받아들일 수 없었기 때문일 것이다.

"이 미친놈아. 누구 마음대로 은퇴를 해. 너는 챔피언이야!"

"원래 가장 화려할 때 떠나야 한다고 하잖습니까. 이제 할 만큼 했으니 은퇴를 해야죠."

"너는 이제 네 마음대로 결정할 수 있는 처지가 아니야. 너는 대한민국의 영웅이다. 영웅은 국민이 이해해 줄 수 있을 때 떠날 수 있어. 그러니까 다시는 그런 쓸데없는 소리 하지 마!"

"영웅도 사람입니다. 저도 이제 사람답게 살아야죠."

"사람답게 사는 게 뭔데?"

"아까도 말했잖습니까. 다른 사람들처럼 결혼해서 알콩달콩 살고 싶습니다."

"그걸 말이라고 해. 현역 최고의 챔피언이 결혼 때문에 은퇴한다면 누가 믿겠냐. 그리고 네가 무슨 결혼을 해. 애인도 없는 놈이."

"애인 있습니다."

"거짓말 하지 마라."

"하하하. 거짓말 아닙니다. 오늘 밤은 조금 늦을 겁니다. 애인 만나러 가야 하거든요."

강태산이 김가을을 만나기로 한 곳은 뉴욕 맨하탄에 있는 레스토랑 위크였다.

위크는 맨하탄 중심가에 있는 고급 레스토랑으로서 가격은 비싸지만 맛이 있고 분위기가 좋아 사람들이 많이 찾는 곳이었다.

강태산은 선글라스를 낀 채 레스토랑으로 들어섰다.

옷차림은 진바지에 가벼운 티와 마이를 걸친 가벼운 복장이었다.

창가에 자리를 잡고 메뉴판에서 음식을 고를 때 입구 쪽에서 웅성거리는 소리가 흘러나왔다.

눈을 들어 문을 보니 거기에 김가을이 자신을 찾기 위해 두리번거리는 것이 보였다.

사람들의 웅성거림.

이곳 위크를 찾는 손님들은 대부분 상류층이었음에도, 그들마저도 김가을의 탁월한 미모에 탄성을 금치 못했다.

그만큼 그녀는 아름다웠다.

손을 들며 일어서자 그녀가 강태산을 확인하고 환한 웃음을 지었다.

이번에는 손님들의 고개가 강태산 쪽으로 돌아왔다.

여신이 웃음 지어준 남자의 존재가 너무나 궁금했기에 사람들은 강태산을 향해 시선을 보내왔다.

사람들이 알아볼 줄은 꿈에도 생각하지 못했다.

대한민국에서나 얼굴이 알려졌을 거란 그의 생각이 틀렸다는 것을 알기에는 그리 오래 걸리지 않았다.

선글라스를 벗은 것이 치명적이었다.

강태산을 확인한 사람들의 표정은 김가을이 나타났을 때보다 훨씬 경악으로 변해갔다.

슈퍼스타 강태산.

그의 얼굴은 미국의 중심, 뉴욕 사람들조차 알 정도로 유명한 것이었다.

김가을이 자리에 앉자마자 사람들이 몰려들기 시작했다.

상류 레스토랑에서는 전혀 일어나지 않아야 할 현상이 강태산의 출현으로 당연한 듯이 벌어지기 시작했다.

사람들이 내민 사인지에 사인을 하면서 강태산은 어이없는 웃음을 지어야 했다.

그의 사인을 받으려는 사람과 사진을 찍고 싶어 하는 사람들 때문에 레스토랑이 한바탕 전쟁을 치렀다.

김가을은 사람들 속에 파묻힌 강태산을 보며 그윽한 웃음을 지었다.

그녀 역시 수없이 해본 행동이었고 상황이었다.

행복한 걸까?

인기가 오래 지속되면 어떨 때는 사람들의 접근이 불편하고 싫어지는 경우가 왕왕 발생한다.

특히 약속된 장소에서 중요한 사람과의 만남이 있을 때 사람들이 몰려드는 건 정말 싫은 일이었다.

하지만 강태산은 일일이 사람들에게 사인을 해줬고, 그들의 요구대로 사진을 찍어주었다.

강태산이 사람들에게서 해방이 된 것은 거의 30분이 지난 후였다.

"미안해요."

"미안하긴요. 보기 좋았어요. 태산 씨 사인해 주는 모습."

"그런가요. 그래도 그렇지 대한민국 최고의 영화배우인 가을 씨를 몰라보다니 이거 너무한데요."

"태산 씨가 나보다 훨씬 유명한 슈퍼스타라서 그런 거잖아요."

"그런 소리를 들으니까 어색하네요. 가을 씨, 먹고 싶은 거 있어요?"

강태산이 웃고 있는 김가을을 향해 메뉴판을 내밀었다.

그런 후 그녀가 스테이크를 시키자 지배인을 불러 자신도 똑같은 것을 시켰다.

김가을은 그런 강태산의 얼굴을 바라보며 햇살 같은 웃음을 지우지 않고 있었다.

"내 얼굴에 뭐 묻었어요?"

"아니요. 너무 잘생겨서 괜히 웃음이 나와요."

"오늘 많이 맞았기 때문에 얼굴 부어서 엉망인데 잘생겼다라니… 혹시 놀리는 겁니까?"

강태산이 자신의 오른쪽 얼굴을 문지르며 입술을 내밀었다.

그의 말대로 오른쪽 얼굴은 타격으로 인한 상처 때문인지

부풀어 오른 상태였다.

하지만 김가을은 아니라는 듯 완강하게 고개를 흔들었다.

"조금 부었지만 여전히 잘생겼어요. 잘생긴 게 그런 것 때문에 감춰지지는 않아요. 더군다나 저는 태산 씨한테 콩깍지가 씐 여자잖아요."

"아이고."

"오늘 경기 정말 멋있었어요. 경기 내내 긴장돼서 앉아 있지 못할 정도로 훌륭한 경기였어요."

"재밌게 봤다니 다행이네요. 사실 맥도웰은 엄청 센 선수거든요. 그런 선수를 내가 이긴 건 순전히 가을 씨 응원 때문입니다. 가을 씨가 열심히 응원하는 모습을 보고 내가 헤라클래스처럼 힘을 냈거든요."

"경기하면서도 제가 보였어요?"

"그럼요. 가을 씨는 어디에 있어도 보여요. 천사니까요."

"호호… 하늘을 붕붕 날아다니는 것 같은데요. 너무 기분이 좋아서요."

"내 아부가 괜찮았어요?"

"그럼요. 아주 특급이었어요."

"다행이네요."

"그런데 태산 씨, 왜 그러셨어요?"

"뭘 말이죠?"

"카니언과 싸운다고 했잖아요. 난 그 소리를 듣고 너무 놀라 숨이 넘어가는 줄 알았어요. 아니죠? 그냥 해본 소리죠?"

"남자는 기분에 따라 함부로 말을 하지 않습니다."

"그렇다면 진짜 싸울 생각이란 말이에요?"

"그렇습니다."

"안 돼요. 그러지 마요. 사람들이 전부 그랬어요. 태산 씨가 카니언하고 싸우는 건 말도 안 되는 일이래요. 잘못하면 태산 씨가 크게 다칠 수도 있다면서 절대 싸우게 해서는 안 된다고 했어요."

"그래도 난 싸울 겁니다."

"왜요? 왜 그러는 건데요… 꼭 그래야 되는 이유라도 있나요?"

"있습니다."

"뭐죠. 그게?"

"나는 카니언과의 싸움을 끝으로 격투기를 그만둘 생각입니다. 그래서 싸우려는 겁니다. 마지막 승부를 멋지게 장식하기 위해서."

"은퇴를… 한다고요?"

"그렇습니다."

"왜죠… 왜 은퇴를……."

"예쁜 여자와 결혼을 하고 싶어서요. 그래서 행복하게 살고 싶거든요."

강태산이 김가을을 빤히 쳐다보았다.

그 눈에는 무언가를 갈구하는 남자의 열망이 진하게 담겨
있었다.

그랬기에 김가을은 그 눈을 마주 바라보며 아무 말도 하지
못했다.

무섭게 떨리기 시작한 심장 소리가 그녀의 이성을 잡아먹었
고, 그녀의 머릿속을 하얗게 비워버렸기 때문이었다.

＊　　　＊　　　＊

강태산이 입국심사대를 통과해서 나오는 순간부터 공항 로
비는 아수라장으로 변하고 말았다.

수많은 취재진은 물론이고 탑승을 하기 위해 대기하고 있
던 사람들까지 전부 몰려들었기 때문에 강태산은 사람들의
숲에 갇혀 버렸는데 그 모습이 여왕개미를 호위하기 위한 개
미들의 움직임과 비슷했다.

"강태산 선수 안 돼요. 카니언과 싸우지 마세요!"

가까이 있던 여자가 비명처럼 소리를 질렀다.

그러자 중구난방으로 비슷한 내용의 목소리가 공항에 울려
퍼지기 시작했다.

강태산은 사람들의 걱정과 우려하는 목소리를 들으며 천천히 걸음을 멈추었다.

그런 후 자신을 향해 미친 듯 플래시를 터뜨리는 기자들과 사람들을 바라보며 손을 들었다.

그러자 사람들의 목소리가 점차 잦아들었다.

기자들의 질문이 시작된 것은 사람들의 외침이 조용해졌을 때였다.

"강태산 선수, 지금 대한민국은 난리가 났습니다. 강태산 선수의 무모한 도전으로 인해 국민들이 불안해하고 있습니다. 도전을 취소할 의향은 없습니까?"

"없습니다."

"도대체 이유가 뭡니까. 모든 전문가들은 강태산 선수가 질 것이라 예상하고 있습니다. 실력의 문제가 아니라 근본적인 피지컬의 차이가 너무 크다는 겁니다."

"피지컬의 차이가 있다는 것은 인정합니다. 그러나, 그것 때문에 반드시 질 거란 판단은 옳지 않다고 생각합니다."

"그렇다면 이길 수 있다고 생각하시는 겁니까?"

"이길 수 있다는 자신감이 있기에 도전을 했습니다. 저는 지기 위해 싸우려는 것이 아닙니다."

"카니언은 무적의 챔피언입니다!"

기자의 목소리가 올라갔다.

자신 있는 강태산의 표정을 봤음에도 그는 답답한 마음을 감추지 못하고 있었다.

그러나 강태산은 자신의 말을 부정하는 그를 똑바로 바라보며 부러지듯 목소리를 흘러냈다.

"저 역시 무적의 챔피언입니다. 여러분의 걱정은 충분히 알겠습니다. 하지만, 저는 카니언을 이길 자신이 있습니다. 그러니 너무 걱정하지 않았으면 좋겠습니다."

"그럼 시합은 언제로 예상하십니까?"

"그건 톰슨 회장이 카니언과 상의해서 알려주기로 했습니다. 금방 시합이 끝났지만 저는 카니언만 좋다면 언제든지 가능하다고 이야기했기 때문에 생각보다 빠르게 진행될 수도 있을 것 같습니다."

"시합 장소는요?"

별걸 다 묻는다.

시합도 결정되지 않은 상태인데 기자들은 김칫국부터 마시고 있었다.

그만큼 마음이 급하다는 뜻이었다.

그러나 강태산은 기자들의 어리석은 질문에도 오히려 폭탄과 같은 발언으로 환호성을 지르게 만들었다.

"저는 일정을 그들에게 맡겼지만 시합 장소는 서울로 해달라는 요구를 했습니다. 톰슨 회장은 긍정적인 답변을 했기 때문에 서울에서 개최할 가능성이 큽니다."

호외다.

UFC 역사상 전무후무한 결전이 서울에서 벌어진다면 대한민국은 커다란 전율과 흥분 속으로 빠져들게 될 것이다.

"강태산 선수. 서울을 시합 장소로 요구한 이유가 있습니까?"

"저의 격투기 마지막 시합을 국민들께 보여드리고 싶었기 때문입니다."

"마지막 시합이라뇨. 그게 무슨 말씀입니까?"

"저는 카니언을 꺾고 격투기를 은퇴할 생각입니다."

"뭐라고요. 말도 안 돼!"

강태산의 대답에 모든 사람들의 입이 동시에 닫혔다.

충격.

대한민국을 울고 웃게 만드는 영웅이 지금 은퇴를 말하고 있었던 것이다.

정말 충격의 연속이다.

카니언에게 도전했다는 사실만으로 대한민국은 벌집을 쑤셔놓은 듯 난리가 났다.

그런데 강태산은 그보다 훨씬 더 충격적인 발언을 하고 있었다.

침묵에 빠졌던 기자들이 언제 그랬냐는 듯 들고 일어섰다.

인터뷰가 진행되면서 순서를 지키며 질문을 하던 기자들은 강태산의 한마디에 질서를 잃어버리고 미친 듯이 떠들어댔다.

영웅을 잃어버린다는 건 슬픔이고 절망이다.

그 슬픔과 절망은 그 누구보다 냉철한 심성을 지닌 기자들마저 이성을 잃게 만들기에 충분하고도 넘쳤다.

'강태산, 카니언과의 결전을 마지막으로 은퇴 선언!'

'우리의 영웅, 이별을 말하다.'

'강태산의 은퇴 선언. 과연 그 이유는?'

전 언론이 1면에 강태산의 은퇴 선언을 터뜨렸다.

카니언과의 결전을 끝으로 격투기를 그만두겠다는 강태산의 선언은 단어 한마디 고쳐지지 않은 채 매스컴을 들쑤셔 놓았다.

기사마다 댓글이 수천 개씩 달렸다.

절대 은퇴는 안 된다며 사람들은 강태산에게 절절한 마음으로 호소를 했다.

그중 몇몇이 배가 불렀기 때문에 은퇴를 결심한 것 아니냐는 댓글을 달자 유저들이 벌 떼처럼 달려들어 비난을 퍼부었다.

한마음 한뜻으로 영웅의 결정을 바꿔달라고 호소하는 마당에 무슨 개소리냐 것이었다.

강태산을 사랑하는 사람들은 순식간에 슬픔 속으로 빠져

들었다.

이성으로 사랑하는 것이 아니라 영웅으로 사랑했다.

영웅의 퇴장은 쉽게 받아들일 수 없는 것이고 이성에 대한
사랑보다 훨씬 더 큰 절망을 심어주는 것이었다.

특히 김현웅은 더했다.

격투기 블로그를 운영하면서 그는 최근 3년 동안 인생에서
가장 즐거운 시간을 보낼 수 있었다.

강태산으로 인해서였다.

강태산에 관한 내용들을 집중적으로 블로그에 올리면서 예
전보다 훨씬 큰돈을 벌 수 있었다.

블로그의 하루 방문자 수가 거의 10만에 육박했기 때문에
광고주들은 시간이 지날수록 더 큰 금액을 그에게 지불했기
때문이다.

그러나 그의 즐거움은 돈 때문만이 아니었다.

그는 강태산의 열정과 투지, 그리고 예술에 가까운 펀치 기
술과 불가능을 가능으로 바꾸는 그의 집념을 사랑했다.

강태산의 은퇴 소식을 들은 그는 컴퓨터 앞에서 혼이 나간
사람처럼 한동안 멍하니 앉아 있었다.

말도 안 된다.

영웅은 영웅다워야 한다.

이렇게 갑자기 자신을 사랑하는 사람들을 배신하고 떠나

는 게 어디 있단 말인가.

정신을 차리고 블로그에 들어가자 잠깐 사이에 게시판이 엉망으로 변해 있었다.

자신의 블로그를 찾은 사람들은 강태산의 은퇴를 두고 갑론을박을 펼치고 있었는데 대부분이 실망과 분노, 그리고 탄원에 관한 것들이었다.

저절로 한숨이 흘러나왔다.

이 정도로 게시판이 뜨거우면 주인장이 나서서 뭐라고 말을 해야 하지만 그는 어떤 글도 쓸 수가 없었다.

냉장고로 가서 소주와 오징어를 꺼내 들었다.

술을 마시고 싶었다.

이대로라면 당장에라도 컴퓨터를 때려 부술지도 모른다.

빨리 취해 정신을 잃어버려야 이 더러운 상황에서 벗어날 수 있을 것 같았다.

마누라가 불쑥 방문을 열고 들어온 것은 그가 안방에서 퍼질러 앉아 소주를 두 병이나 마셨을 때였다.

"오빠, 강태산… 강태산이 정말 은퇴한다는 거야!"

"그렇단다."

"이씨… 그게 말이 돼? 뭐야, 그게 뭐냐고!"

글썽거리는 눈물.

그녀의 눈에 매달려 있는 눈물이 너무나 슬퍼 보였다.

털썩 주저앉은 마누라는 자신이 처음 겪었던 것처럼 혼란 속에서 격렬한 슬픔을 느끼는 것 같았다.

마누라는 자신 못지않게 강태산을 사랑하고 진심으로 아끼는 여자였다.

술잔을 불쑥 내밀어 잔을 건넸다.

그녀와 같이 술에 취한다면 조금이나마 이 더러운 현실을 피할 수 있을지 모른다.

*   *   *

불쑥 찾아온 전화.

그것도 저녁 9시가 넘었을 때 걸려온 전화였다.

"여보세요?"

ㅡ은정 씨, 잘 지냈나요. 강태산입니다.

"헉……."

저절로 헛바람이 들이켜졌다.

그의 이름은 요즘 매일 모든 매스컴에서 오르내릴 정도로 화제가 되어 있었는데 은퇴 발표를 한 지 일주일이 지났는데도 열기가 식지 않았다.

강태산의 은퇴 발표 기사를 보면서 얼마나 놀랐던가.

대한민국을 들었다 놨다 할 정도로 영웅이 되어버린 강태산의 은퇴는 그녀의 가슴을 덜컥 떨어지게 만들 정도로 충격적인 것이었다.

그녀가 너무 놀라 대답을 하지 못하자 강태산의 목소리가 다시 들려왔다.

―제가 약속했던 것 때문에 전화드렸습니다. 늦은 시간에 전화해서 미안해요.

"아니에요."

―혹시 지금 나올 수 있나요?

"…지금요?"

―제가 시간이 없어서요. 아무래도 은정 씨와의 약속을 지키려면 조금이라도 빨리 만나는 게 좋을 것 같은데…….

"광고 때문에 전화하신 건가요?"

―그렇습니다. 겸사겸사 은정 씨와 술도 마시고 싶군요.

강태산의 대답에 은정이 수화기를 굳게 잡았다.

그의 제안이 달갑지 않았다.

늦은 저녁에 술을 마시자는 건 다른 뜻이 담겨 있을지도 모르기에 그녀는 자신도 모르게 망설일 수밖에 없었다.

하지만 그 망설임은 짧지 않았다.

자신은 그를 괴롭혀도 되고 그는 자신을 괴롭혀서 안 된다는 논리는 맞지 않다는 생각이 불쑥 들었기 때문이었다.

"어디로 나갈까요?"

─은정 씨 집 앞에 포장마차가 있더군요. 거기로 나오시죠.

"저희 집 앞에 포장마차가 있는 걸 어떻게 아세요?"

─실은 그 근처에 와 있거든요.

"알겠습니다. 지금 나갈게요."

옷을 갈아입고 집을 나서면서도 많은 의문이 남았다.

그가 도대체 자신의 집을 어떻게 알고 있는 걸까.

머릿속으로 별별 생각이 다 떠올랐으나 포장마차가 눈으로 들어오자 부지런히 머리를 흔들었다.

자신을 도와주겠다는 사람을 자꾸 의심하는 건 결코 바람직한 일이 아니었다.

비닐 천으로 만들어진 문을 열고 들어서자 구석에 앉아 있던 강태산이 손을 드는 것이 보였다.

그는 모자를 깊게 눌러쓰고 있었는데 정체를 숨기려 했던 모양이었다.

"어서 와요."

"안녕하세요. 오랜만이에요."

"잘 있었죠?"

"…네."

"소주에 꼼장어, 어떻습니까?"

"좋아요."

갈수록 기가 막히다.

그녀가 꼼장어를 가장 좋아한다는 걸 어떻게 알았을까.

술이 나오자 강태산은 거침없이 자신과 은정의 잔에 소주를 따랐다.

그런 후 물끄러미 은정을 바라보았다.

"한잔하죠. 원샷!"

피식 웃음이 나왔으나 간신히 참았다.

그의 행동은 오빠와 너무나 비슷해서 마치 쌍둥이를 보는 것처럼 느껴졌다.

강태산의 입이 다시 열린 것은 은정과 동시에 연거푸 세 잔의 술을 마신 후였다.

"어떤 걸 찍을지 결정해 놨습니까?"

"저는 커피 광고와 맥주 광고를 생각해 봤어요. 그 두 가지가 강태산 선수와 가장 어울릴 것 같아서요."

"어떤 면에서 그렇죠?"

"강태산 선수는 옥타곤에서는 엄청난 전사지만 평상시에는 부드러운 사람이잖아요. 저는 강태산 선수의 잘생긴 얼굴과 그 두 가지가 어울린다고 생각했어요."

"내가 잘생겼어요?"

"그럼요. 대한민국 모든 여자들이 모두 좋아할 만큼 잘생겼어요."

"은정 씨한데 그런 말을 들으니까 기분 좋네요. 좋아요, 그

럼 커피 광고로 합시다. 은정 씨가 나를 부드러운 남자라고
했으니까 이번에는 부드러운 콘셉트로 가죠."

"저번에 말씀하신 게 있어서 광고에 쓰일 스토리텔링을 이
미 완성시켜 놓았어요. 강태산 선수가 커피 광고를 찍으면 엄
청난 화제를 뿌릴 수 있을 거예요."

"대신 조건이 있습니다."

"무슨……?"

"나는 시간이 많지 않습니다. 3일 이내에 찍을 수 있도록
해주세요."

"그건 불가능한 일이에요. 최소 일주일은 내주셔야 광고를
찍을 수 있어요."

"다시 말하지만 저는 시간이 없습니다. 곧 시합 준비에 들
어가야 되거든요."

"시합요……?"

"카니언과의 시합이 잡혔습니다. 어이구, 그러고 보니 은정
씨한테 처음 말씀드리는군요. 이 사실은 제가 여기 오기 전
UFC 측에서 통보받은 겁니다. 아마, 은정 씨가 언론에 제보하
면 특종이 되겠네요."

은정이 두 눈을 깜박거리며 놀라움을 숨기지 못했다.

챔피언의 다음 경기 일정을 처음 듣는 사람이 바로 자기라
니 믿겨지지 않았다.

하지만 그녀는 곧 침착함을 되찾고 천천히 입을 열었다.

"저기… 뭐 하나 물어봐도 되요?"

"말씀하세요."

"뉴스를 보니까 은퇴하신다고 하던데요. 왜 그만두려는 거죠?"

"나는 최고가 되었을 때 떠나야 한다고 배웠습니다. 내가 은퇴를 하려는 것은 그 일환입니다."

"그 이유뿐인가요?"

"그럴 리가요. 이제 쉬고 싶어졌어요. 예쁜 사람과 결혼해서 평범하게 사는 게 내 꿈입니다. 이제 그 꿈을 이룰 때가 되었습니다."

"그럼 김가을 씨와 결혼해요?"

"노코멘트, 그건 알려줄 수 없네요. 시간이 되면 알 수 있겠죠. 나는 은퇴하는 대로 결혼할 거니까 그때가 되면 알 수 있을 겁니다."

제3장
호랑이의 슬픈 눈물

일본의 독도 침공 이후.

국제 상황이 변한 것은 그야말로 순식간에 벌어졌다.

일본은 원전 폭발에 대한 여파를 수습하느라 정신이 없었고 내각의 각료들이 테러를 당해 태반이 목숨을 잃어버리면서 나라 전체가 쑥대밭으로 변하고 말았다.

일본이란 나라가 탄생한 이후 처음 벌어진 초유의 사태.

아무도 누가 테러를 저질렀는지 알지 못했고 살아남은 자들은 범인의 그림자조차 보지 못했다.

첨단 시설이 설치되어 있었던 경비망은 완벽하게 파괴되었는데, 총리실을 지키는 경비 병력은 물론이고 수많은 직원들마저 회의장에서 벌어진 끔찍한 사고를 뒤늦게 알았을 정도로 범인은 유령처럼 모든 일을 순식간에 해치운 후 빠져나갔다.

21세기에 벌어질 수 없는 미증유의 사건.

전 세계의 언론들은 일본에서 벌어진 테러 사건을 보도하면서 '고스트 살인 사건'이라 명명했다.

언론은 난리가 났고 국민들은 충격 속에 멘붕 상태로 빠져들었다.

연이어 계속 벌어진 거대한 사건들.

하나하나가 일본을 쓰러뜨리고도 남을 만큼 엽기적인 것들이었다.

내각의 상당수가 암살을 당했기 때문에 중위원을 장악하고 있는 자민당은 비상위원회를 설치하고 재무대신인 타키아라를 급하게 총리에 추대했다.

재무대신 타키아라는 강태산이 정신을 살려놓은 유일한 인물이었다.

타키아라는 온건파를 중심으로 급히 내각을 구성하고 사고 수습에 전력을 기울였다.

무엇보다 중요한 것은 반경 100㎞까지 흘러 나간 방사능을 처리하는 것이 급선무였다.

일본의 극우 언론은 이 모든 것이 독도를 빼앗긴 대한민국의 짓이라 의심하며 보복을 해야 한다고 주장했으나 타키아라는 총리를 맡은 후 대한민국과 충돌되는 일체의 행위를 삼갔다.

귀신이 살고 있는 나라 대한민국.

일거에 내각의 태반을 사살했고 원전을 폭파해서 전국을 쑥대밭으로 만들어 버린 자.

대한민국의 수호자라고 했던가.

지금이라도 싸우면 군사력으로 지지 않는다는 보고를 받았지만 그는 대한민국과의 충돌 이야기가 나올 때마다 격렬하게 고개를 흔들었다.

사람이 어떻게 귀신과 싸울 수 있단 말인가.

대한민국에 귀신이 살고 있다는 걸 모르는 자들의 군사력 자신감은 공염불에 불과한 것이다.

충돌이 벌어지는 순간 자신의 눈앞에서 죽어간 내각의 대신들처럼 일본의 주요 인사들과 시설들은 무차별적으로 살해되거나 파괴되어 일본은 제대로 공격조차 하지 못한 채 자멸할 것이 분명했다.

어둠 속에서 흔들리는 푸른 귀신의 칼은 미국이 가지고 있는 핵무기보다 훨씬 더 두려운 존재였다.

그랬기에 그는 대한민국 방향으로는 고개조차 돌리지 않

왔다.

그러나 중국은 달랐다.

중국은 남북경협이 급물살을 타면서 빠른 속도로 진행되자 점점 압박의 수위를 높여가고 있었다.

각종 무역규제를 강화했고 심지어는 한류 문화 공연과 드라마마저 갖가지 핑계를 대면서 중국 진출을 막았다.

무엇보다 위험한 것은 북한에 투자했던 차관을 일시에 내놓으라는 것이었다.

소리 소문 없이 움직이는 검은 손.

중국은 북한을 식민지화하려는 동북공정의 일환으로 김씨 일가에게 엄청난 차관을 지불해 왔는데 남북경협이 본격화되자 무조건 상환하라는 압박을 가해오고 있는 중이었다.

"어서 오세요."

"대통령님. 그동안 안녕하셨습니까?"

"정말 오랜만이시군요. 왜 이리 뜸하셨습니까."

"나이가 들다 보니 게으름이 많아져서 그렇지요."

정 의장이 대답을 하면서 너그럽게 웃자 박무현 대통령이 따라 웃었다.

정 의장의 얼굴은 하회탈을 보는 것 같았다.

얼굴에 들어 있는 굵은 주름들은 세월의 흐름을 고스란히 담고 있었는데 그럼에도 추함은 전혀 느껴지지 않았다.

그런 정 의장을 바라보는 박무현 대통령의 목소리는 더 없이 부드러웠다.

"보고 싶었습니다. 연락을 하고 싶었지만 가급적 전화하지 말라는 정 의장님의 말씀 때문에 상사병이 걸릴 때까지 꼼짝하지 못했어요. 참 용하십니다. 더 견디지 못할 것 같아서 전화하려고 했는데 마침 오셨으니 말입니다."

"하하, 그러셨습니까."

"드릴 말씀이 참 많습니다."

"대통령님, 그래도 차는 한잔 주셔야지요. 대통령님이 타주는 커피 향이 그리웠습니다."

"어이구, 잠깐만 기다리세요. 제가 얼른 타오지요."

박무현 대통령이 부리나케 자리에서 일어나 한쪽에 마련되어 있는 다탁으로 향했다.

그곳에는 커피 메이커가 있었고 곱게 갈려진 원두커피 봉지들이 가지런히 놓여 있었다.

물을 끓이고 커피를 내려서 찻잔에 담는 대통령의 모습이 물 흐르듯 자연스럽게 움직였다.

대통령이 끓여주는 커피.

과연 이런 커피를 마실 수 있는 사람이 대한민국에 몇 명이나 있을까.

커피가 자신의 앞에 놓이자 정 의장은 두 손으로 찻잔을 들어 입으로 가져간 후 깊게 향을 들이마셨다.

"역시 좋네요. 대통령님은 갈수록 커피 내리는 솜씨가 좋아지시는 것 같습니다."

"그럴 리가요. 제 솜씨가 좋아진 게 아니라 좋은 커피를 가져와서 그런 겁니다. 정 의장님이 좋아하는 모습을 보고 싶어서 비서실장에게 세상에서 제일 좋은 커피를 공수해 달라고 했거든요. 비서실장 말로는 이탈리아에서 직수입한 거라고 합니다."

"이런… 허허. 저는 참 복이 많은 사람인 것 같습니다."

"제가 먼저 말씀드릴까요, 아니면 정 의장님께서 먼저 말씀하시겠습니까?"

잠깐의 웃음 끝에 박무현 대통령이 정 의장을 바라봤다.

지금까지 정 의장이 청와대에 그냥 들어온 적은 한 번도 없었다.

국가의 위기 상황이 발생했을 때 움직이는 사람이 정 의장인 데다 그 뒤에 버티는 CRSF는 극비리에 움직이는 비밀 조직인 만큼 정 의장이 들어온 것은 대통령에게 용무가 있다는 뜻이었다.

정 의장의 입이 열린 것은 박무현 대통령의 입이 찻잔에서 떨어졌을 때였다.

"하고 싶은 말이 많다고 하셨으니 먼저 듣겠습니다. 제가 가져온 것과 대통령님의 걱정이 어떤 관련이 있는지 분석해 볼 필요가 있을 것 같습니다."

"그럼 말씀드리지요. 중국이 북한에게 당장 차관을 상환하라는 요구를 하고 있습니다. 차관을 상환하지 않으면 담보로 받은 지하 자원을 압류하겠다고 합니다."

"북한의 반응은 어떻습니까?"

"신 위원장은 버틸 때까지 버틸 생각인 모양입니다. 하지만 다음 달 10일까지 상환하지 않으면 중국 기업들을 대거 북한으로 진출시키겠다고 합니다. 자신들이 압류한 지하 자원을 직접 개발해서 가져가겠다는 거지요."

"곤란한 문제군요."

"그자들의 목적은 중국 기업을 대거 진출시켜 남북경협의 효과를 상쇄시키려는 것으로 보입니다."

"통일을 막겠다는 심보 같습니다."

"그렇습니다. 중국은 북한을 자신들의 영토라고 오랫동안 생각해 왔습니다. 통일이 되면 그들의 의도는 삽시간에 사라지게 될 테니 발악을 하는 것으로 보입니다."

"다른 건은요?"

"국정원의 첩보에 따르면 중국 권단의 움직임이 이상하다고 합니다. 권단에 심어놓은 첩자의 말에 따르면 모처에서 폭파

훈련을 강도 높게 시작했다고 하더군요. 혹시 의장님께서 아시는 게 있습니까?"

"그들이 훈련을 하는 곳은 홍안입니다."

"홍안이요?"

"백두산에서 북쪽으로 100㎞ 정도 떨어진 곳입니다. 문제는 폭파 훈련이 지상에서 이루어지지 않고 있다는 것입니다."

"그게 무슨 뜻이지요?"

"아무래도 그들은 북한이 보유하고 있는 핵을 노리는 것 같습니다."

"뭐라고요? 그게 무슨 말씀이신지… 핵을 노리다니요?"

"제가 급히 들어온 것은 그 이유 때문입니다. CRSF의 분석에 따르면 중국은 북한이 보유한 핵을 제거할 확률이 90%가 넘습니다. 그들은 동북공정을 이루기 위해 가장 걸림돌이 되는 북한의 핵폭탄을 제거할 생각인 것 같습니다. 차관상환을 핑계로 중국 기업을 진출시키겠다고 협박하는 건 성동격서의 전술이라고 판단됩니다."

"으… 이런 미친 자들을 봤나."

박무현 대통령의 입에서 신음과 분노의 외침이 터져 나왔다.

중국이 차관을 빌미로 북한을 압박했지만 버틸 수 있다고 생각했다.

대한민국이 보유한 막강한 경제력은 중국의 의도를 막을 수 있을 정도로 탄탄했으니 차례차례 중국의 야욕을 차단해 나간다면 충분히 승산이 있었다.

결국 중국 역시 그런 판단을 했다는 뜻이다.

중국은 경제적 압박만 가지고는 북한을 점유할 수 없다는 판단을 내리고 마지막 순간 무력을 동원하겠다는 전술을 수립한 게 분명했다.

"청룡은 어디 있습니까?"

"그가 어디 있는지는 모릅니다. 하지만, 콜사인을 내면 언제든지 올 수 있으니 걱정하지 마십시오."

"청룡에게 다시 부탁을 해야 하겠지요?"

"아무래도 그래야 할 것 같습니다."

"그 사람은 너무 과격해서… 저는 이런 상황이 올 때마다 걱정이 됩니다."

"과격하지만 확실한 방법을 동원하니 뭐라고 할 수도 없습니다. 청룡은 대한민국의 수호자입니다. 그는 중국이 다시는 대한민국을 넘보지 못하도록 상황을 해결할 겁니다."

CIA 한국지부장 캘빈이 상황실에 나타난 것은 정보 분석관 리챠드의 보고를 받은 지 불과 30분 만의 일이었다.

그의 얼굴은 붉게 상기되어 있었다.

"틀어봐."

그의 지시에 따라 도청된 녹음 내용이 조용하게 흘러나왔다.

바로 박무현 대통령과 정 의장이 3시간 전에 나누었던 대화 내용이었다.

캘빈의 얼굴은 두 사람의 대화 내용이 진행될수록 점점 일그러져 갔는데 마지막 순간 청룡이란 단어가 나오자 거의 우는 것처럼 변했다.

새로 개발한 도청 장치 '유토피아'를 청와대와 일본의 총리실에 깔아놓은 지 벌써 6달이 지났지만 그동안 알아낸 것은 아무것도 없었다.

대한민국의 박무현 대통령은 물론이고 일본 내각의 참사에서 살아남아 일본의 정권을 틀어쥔 타키아라에게도 그들이 바라는 정보는 찾아낼 수 없었다.

시간이 지날수록 애가 탔다.

대한민국은 미국을 엿 먹이겠다는 것처럼 공공연하게 프랑스와 러시아, 그리고 영국의 스텔스기 도입 계획을 추진하고 있었는데 벌써 국내 생산이 가능토록 부지까지 조성하고 있는 중이었다.

미치고 펄쩍 뛸 노릇이다.

그동안 대한민국은 거의 모든 무기를 미국으로부터 수입해

왔다.

매년 천문학적인 돈을 무기 구매에 물 쓰듯 써대는 대한민국은 미국의 봉이나 다름없는 존재였다.

그럼에도 핵심 기술은 철저하게 관리했고 첨단 무기는 절대 판매하지 않았다.

핵심 기술의 이전으로 대한민국의 군사기술력이 증진된다면 땅 짚고 헤엄치는 것처럼 계속 이어지던 무기 판매가 중단될 수도 있기 때문이었다.

그러나 미국과 다르게 대한민국과 계약한 국가들은 첨단 기술의 이전에 조금의 망설임도 보이지 않았다.

바보 같은 놈들.

영원한 호구로 삼을 수 있는 나라에게 자신들이 보유한 군사기술을 전수한다는 것은 스스로 무덤을 파는 짓이나 다름없는 것인데 프랑스를 비롯한 놈들은 눈앞의 이익에 눈이 멀어 바보 같은 짓을 서슴없이 하고 있었다.

"지금 박무현과 대화를 나누는 놈의 정체는?"

"모릅니다."

"모른다고?"

"전혀 우리의 리스트에 없는 자입니다. 그러나 지금 확인하고 있으니 곧 나타날 겁니다."

캘빈이 눈을 치켜뜨자 정보 분석관 리챠드가 급히 대답을 했다.

그러자 캘빈의 눈이 풀렸다.

"그자의 신병은 확보했나?"

"지금 우라 요원들이 뒤를 따르고 있는 중입니다. 언제든지 신병 확보가 가능하니까 걱정하지 마십시오."

"자네 생각은?"

"당분간 체크하는 게 좋을 것 같습니다. 먼저 그자에 관한 모든 것들을 알아내는 게 중요합니다. 섣불리 건드려 뱀을 놀라게 하는 것보다 차근차근 접근해 나가는 것이 좋겠습니다."

"나도 같은 생각이다. 그자보다 더 중요한 것은 청룡이라 불리는 놈이다. 우린 무슨 수를 쓰더라도 청룡이란 놈의 정체를 알아내야 한다."

"대화 내용을 봤을 때 청룡이란 자가 일본 각료들을 죽인 게 확실해 보입니다. 문제는 정 의장이라 불리는 노인네도 청룡의 위치를 모른다는 거지요. 만약 그자가 입을 다물면 청룡을 찾아내기 힘들 수도 있습니다."

"그래서 당분간 지켜보라는 거 아니냐. 그자의 약점을 찾아내도록. 청룡이란 놈의 정체를 토해낼 만한 약점을 잡아내란 말이다. 무슨 수를 써도 된다. 약점이 없으면 가장 가까운 가족들을 다 잡아들여. 눈앞에서 한 명씩 죽이면 불지 않겠나?"

　　　　　　＊　　　　　＊　　　　　＊

　정 의장은 집 밖에 놓여 있는 안락의자에 앉아 지는 석양
을 바라보았다.

　그의 나이 벌써 78세.

　지금 서편으로 지고 있는 황혼처럼 그의 인생은 서서히 서
산을 향해 다가가고 있었다.

　어제가 다르고 오늘이 다르다.

　점점 쇠약해져 가는 몸은 이제 빠른 걸음도 부담스럽게 느
껴질 정도로 힘들어 하고 있었다.

　아름답다.

　언제 바라보아도 하늘을 물들이며 번지는 석양의 낙조는
고요함 속에서 더없이 풍요로운 감탄을 자아내게 만든다.

　CRSF를 맡아 이끌어온 세월 동안 참으로 많은 일들이 있
었다.

　국가의 비밀 병기가 되어 자존심을 세우려 노력했던 시간
들.

　그 시간 속에서 수없이 많은 대한민국의 전사들이 이슬 속
으로 사라져 갔다.

　그때마다 이곳에 앉아 눈물을 흘렸다.

　그 죽음이 주는 괴로움과 아픔은 거듭되었음에도 절대 익

숙해지지 않는 것들이었다.

이제 그만둘 시간이 다가옴을 느낀다.

언제였던가.

신기루를 뚫고 불쑥 나타난 강태산은 정말 불가사의한 존재였다.

지난 십여 년 동안 대소 60여 차례의 작전을 완벽하게 통제한 채 살아 돌아온 그의 활약은 최고의 전사들이 살아 숨 쉰다는 CRSF에서도 이미 전설이 된 지 오래였다.

더군다나 최근 몇 년 동안 보여주었던 그의 전쟁은 전설을 넘어 신화가 되어 가고 있었다.

처음에는 뛰어난 요원으로만 생각했었다.

IS와의 전쟁 때까지만 해도 운이 좋아 살아 돌아온 줄 알았다.

IS의 늑대들이 살아가는 사막은 지옥 그 자체였으니까.

하지만 일본의 내각 정보실을 흔적도 없이 박살 내면서부터 그의 존재는 상식을 뛰어넘기 시작했다.

강태산.

현실에 존재하지 않는 초인이자 일인군단.

막강한 군사력을 지닌 일본이 강태산 한 명으로 쑥대밭이 된 것을 보면서 그는 끝을 알 수 없는 두려움과 환희를 동시에 느껴야 했다.

과연 그는 어디서 온 것일까.

비밀리에 그의 행적을 추적한 적도 있었으나 강태산의 과거는 너무나 명료했고 투명해서 끝내 아무것도 밝혀내지 못했다.

그럼에도 그의 존재는 언제나 믿음과 신뢰였다.

국가에 대한 충성과 사익을 챙기지 않는 청렴, 동료에 대한 사랑. 어느 것 하나 부족함이 없었다.

그는 이제 최 국장에게 자리를 물려주고 떠날 생각이었다.

청와대에서 나오며 최 국장을 데리고 조만간 다시 들어오겠다고 한 것은 그런 이유 때문이었다.

최 국장이라면 CRSF를 훌륭하게 이끌어 줄 것이다.

더군다나 사심 없이 국가를 이끌고 있는 박무현 대통령과 청룡이 뒤를 받쳐줄 테니 대한민국은 어떤 강대국에게도 꿇리지 않는 모습으로 세계에 우뚝 서게 될 것이 분명했다.

정 의장은 한동안 안락의자에서 꼼짝하지 않은 채 노을을 바라보며 상념에 빠져 있었다.

이대로 조용히 앉아 있는 것이 좋다.

오랜 세월 버릇처럼 해왔던 안락의자에서의 상념은 그의 노년 인생에서 빼놓을 수 없는 커다란 즐거움이었다.

그의 상념을 깬 것은 50년이 넘도록 동고동락한 마누라였다.

"거기서 뭐해요. 밥 먹으라니까!"

"응, 알았어."

마누라의 잔소리에 정 의장이 어색한 웃음을 지으며 천천히 자리에서 일어났다.

문을 열고 식당으로 들어서자 구수한 된장찌개 냄새가 풍겨왔다.

"또 된장찌개네?"

살짝 눈을 찌푸린 정 의장이 중얼거리자 즉각 마누라의 도끼눈이 돌아왔다.

마누라는 자신보다 훨씬 굽은 허리를 한 채 수시로 도끼눈을 떴는데 시간이 갈수록 무림의 고수보다 훨씬 더 무서운 시선을 만들며 협박을 해왔다.

"그럼 어제 끓인 김치찌개 다시 내와요?"

"말이 그렇다는 거지."

슬그머니 의자에 앉으며 숟가락을 든 정 의장이 말 꼬리를 줄이자 황 여사가 맞은편에 털썩 주저앉았다.

그녀는 어느새 국자를 들고 그릇에 된장찌개를 뜨고 있었는데 늙어서 그런지 팔이 떨리는 게 보였다.

"병원에는 가봤어?"

"병원은 무슨. 늙어서 그러는 건데 병원가면 무슨 소용 있겠어요."

"그래도 점점 심해지잖아. 그러다가 팔 못쓰면 어쩌려고 그래."

"걱정 말아요. 밥하라고 시키지는 않을 테니까."

"어이구. 할망구, 말하는 거 하고는."

"그나저나, 내일 당신 생일이라고 애들 온다는데 우리 오랜만에 외식이나 해요."

"생일인데 나가서 먹자고?"

"며느리들 생각도 해야죠. 요즘은요, 집에서 밥해 먹으면 며느리들이 싫어해요."

"…그런가?"

황 여사의 말에 정 의장이 피식 웃었다.

마누라는 밖에서 외식을 하자고 했지만 터무니없는 말이다.

그에게는 두 명의 아들이 있었는데 모두 결혼을 해서 아이들을 낳았기 때문에 가족들이 전부 모이면 열 명이 훌쩍 넘었고 그의 생일 때마다 집에 모여 저녁을 먹었다.

조금 있으면 손자를 볼 정도로 나이가 든 며느리들은 집에 올 때마다 푸짐하게 장을 봐 와 생일상을 차렸다.

외식을 하자는 시어머니의 종용에도 며느리들은 절대 안 된다며 정성이 가득 찬 생일상을 차려내곤 했다.

"저긴가?"

"예, 보스."

"사람들이 많군."

"오늘이 저자의 생일이랍니다."

"보고해 봐."

"이름 정용석. 특전사령관 출신으로 23년 전에 전역을 했습니다. 가족은 아들 둘을 포함해서 손자, 손녀까지 모두 11명입니다. 전역 후 줄곧 이곳에 살았는데 특별한 행적은 노출되지 않고 있습니다. 국정원을 비롯해서 한국의 주요 정보 조직을 전부 뒤졌지만 정용석에 관한 기록은 전역 이후 백지처럼 깨끗한 상태입니다."

"청와대를 드나들 정도인데 깨끗하다… 청와대 경호실에는 알아봤나?"

"극비 보안 손님으로 분류되어 있답니다."

"언제부터."

"벌써 5대째라고 하더군요. 대충 20년이 넘습니다."

"그렇다면 저자는 최소 20년 전부터 비밀 조직에서 활동했다는 뜻이구만."

"아무래도 그런 것 같습니다."

"크크크, 한국에 그런 조직이 있다는 것을 지금에서야 알다니 정말 기가 막히는구나. 도청은?"

"깨끗합니다. 저 노인네는 청와대에서 돌아온 후 지금까지 아무런 움직임도 보이지 않았습니다."

"통화 내역은 추적했나?"

"정용석은 지금까지 열두 통의 전화를 썼습니다. 그중 5통은 친구들과 한 것이고 3통은 아들과의 통화였습니다. 나머지 네 통은 동사무소를 비롯해서 카드 회사와 은행에 한 것이 전부입니다."

"문자는 어떻던가?"

"그렇지 않아도 그 부분에 대해서 보고하려던 참입니다. 정용석이 보낸 문자 중에 특이한 것이 하나 있었습니다."

"뭐지?"

"청룡 비상 카운트다운이란 문자였습니다. 어제 밤에 보냈는데 아무래도 놈들의 암호인 것 같습니다."

"상대는 누구던가?"

"대포폰이라 주인을 확인할 수 없었습니다. 하지만 위치 추적을 시작했으니 금방 찾아낼 수 있을 겁니다."

"저놈이 대가리고 문자를 받은 놈이 몸통이겠구만."

"그럴 가능성이 큽니다. 대포폰을 확인해 본 결과 또 다른 곳으로 문자메시지가 날아갔습니다. 지금 정보 팀들이 연결된 전화번호들을 모두 추적하고 있습니다."

"몇 명이던가?"

"저자까지 모두 합해 열 명이었습니다."

리챠드의 대답을 들은 캘빈이 품속에서 담배를 꺼내 천천히 빼어 물었다.

하지만 불을 붙이지는 않았다.

그의 시선이 움직이자 멀리서 희끗거리는 그림자들이 눈으로 들어왔다.

눈으로 들어온 것은 둘뿐이었지만, 정 의장이 사는 저택의 주변에는 CIA의 특급 킬러들이 열 명이나 자리를 잡은 채 대기하고 있는 중이었다.

일산의 단독 주택가는 10시가 넘었어도 집집마다 불이 환하게 밝혀져 있었다.

소리 소문 없이 일을 처리하기에는 빠른 시간이었다.

그의 입이 다시 열린 것은 눈에 보이던 두 명의 그림자들마저 시야에서 사라진 후였다.

"열 명이라… 저 노인네 빼고 지시를 내리는 놈을 제외하면 실질적으로 움직이는 놈들은 여덟이란 뜻이군. 그렇지?"

"저도 그렇게 판단하고 있습니다. 아무래도 그놈들이 직접 작전을 수행하는 놈들인 것 같습니다."

"자네도 알다시피 일본의 JF—21 을 파괴한 놈들은 모두 여섯이었다. 그놈들을 후퇴시키기 위해 대기했던 놈이 있었다면 일곱이야. 하나가 비어."

"그 시간에 핵발전소를 파괴한 놈이 있었지요."

"핵발전소를 한 놈이 했다고 보기에는 무리가 있어. 다섯 개의 원전이 거의 동시에 파괴되었다. 그것도 완벽하게. 최소 10명 이상이 있었어야 가능한 작전이야."

"당연한 추론입니다. 하지만 저는 왠지 한 놈이 벌인 짓이란 생각이 자꾸 드는군요. 다섯 개의 원전이 파괴된 형태가 거의 흡사하답니다. 일본의 과학기술원에서 분석한 자료에 따르면 원전은 예리한 물체로 절단되었다더군요. 현대 기술로는 절대 이해할 수 없는 일이라고 보고서의 말미에 적혀 있었습니다."

"허어……."

"같은 선상에서 총리실의 암살 사건도 공통점이 발견됩니다. 내각의 태반이 죽은 총리실의 수많은 CCTV가 침입자의 흔적을 발견하지 못했습니다."

"귀신이 움직였단 뜻이냐?"

"그렇습니다. 저는 일본을 박살 낸 것은 유령이라고 생각합니다. 바로 청룡이라 불리는 자 말입니다."

"이봐, 리챠드. 너무 나간 상상이다. 우주여행이 현실화된 지금 그게 말이 된다고 생각하나?"

"물론 상식 밖의 생각이란 거 인정합니다. 그러나 그런 상식 밖의 추론이 적용되지 않으면 일본에서 벌어진 사건들의 퍼즐이 맞춰지지 않습니다."

리챠드는 자신의 의견을 굽히지 않았다.

현실에서 전혀 발생할 수 없는 일을 그는 마치 사실인 양 떠들어 대고 있었다.

하지만, 캘빈은 그런 리챠드를 향해 조금의 비웃음도 보이지 않았다.

그 역시 일본에서 벌어진 일과 미국, 중국, 일본의 정보 책임자들이 동시에 죽음을 당했던 일들에 대해서 정확하게 알고 있었기 때문이었다.

풀리지 않은 수수께끼들.

리챠드의 의견을 깨부수기 위해서는 논리적인 추론이 필요한데 지금까지 벌어진 사건들은 그런 객관적 증명이 불가능한 것들이었다.

그가 물고 있던 담배에 불을 붙인 것은 정 의장의 옆집에서 전등이 꺼졌을 때였다.

"저자를 족치면 알게 되겠지. 시작해."

"너무 빠르지 않겠습니까?"

"어차피 더 미뤄봐야 달라질 건 아무것도 없다. 내일 아침까지 모든 것을 끝내도록. 이번 작전은 3일 이내에 마무리 짓는다."

강태산은 카니언과의 시합이 잡혔지만 체육관으로 나가지 않았다.

시합은 네 달이나 남아 있었기 때문에 아직 시간적인 여유가 있었다.

물론 어려운 시합이다.

지금까지는 모두 동격의 체격을 가진 자들과의 시합이었으나 카니언은 한 체급 위의 무패 챔피언이었다.

지금이라도 당장 훈련에 돌입해야 했으나 은정과 약속한 광고 촬영이 아직 남아 있었다.

계약을 마쳤고 촬영 일자까지 잡힌 상태였기 때문에 김 관장의 성화에도 며칠만 참아달라며 시간을 보내는 중이었다.

그런 와중에 '청룡비상3'이 뜬 것은 이틀 전의 일이었다.

참으로 지랄 맞다.

지금까지 꽤 많은 시합을 해왔지만 작전이 걸린 것은 이번이 처음이었다.

그럼에도 강태산은 불안해하지 않았다.

청룡대원들의 작전 수행 능력이 무섭게 성장한 지금 웬만한 작전은 대원들에게 맡길 수 있었기 때문이었다.

하지만 그의 판단은 틀렸다는 걸 알게 된 것은 그리 오래 걸리지 않았다.

식구들과 함께 즐겁게 저녁을 먹고 있을 때 날아온 한 통의 전화.

바로 최 국장에게 온 것이었다.

수화기를 들었을 때 이미 전화기는 꺼져 있었다.

자리에서 일어난 강태산은 곧장 식당을 벗어났다.

뒤에서 은정이 밥 먹다 말고 어디를 가냐면서 신경질을 냈지만 강태산은 평소와는 다르게 무섭게 얼굴을 굳히고 급히 방으로 돌아가 옷을 갈아입었다.

그런 후 대원들에게 비상 코드가 담긴 문자메시지를 날린 후 빠르게 하숙집을 벗어났다.

위험 감지.

최 국장은 절대 개인적으로 전화를 하지 않는다.

그가 내리는 소집 명령은 비밀 메시지가 전부였고 세부 작전은 언제나 도청 방지가 완벽하게 설치된 상황실에서 이루어진다.

더군다나 벨이 울리자마자 신호가 끊겼다는 것은 최 국장에게 무슨 일이 생겼다는 것을 의미하는 것이었다.

강태산이 대원들에게 내린 비상 코드는 핸드폰을 제거하고 정해진 장소로 집결하라는 명령이었다.

정체가 노출되었다면 대원들이 위험하기 때문이었다.

그것은 강태산도 마찬가지였다.

자신은 어떤 일이 있어도 벗어날 수 있으나 가족들이 위험했다.

만약 놈들이 자신의 위치를 확인했다면 벌써 집 밖에까지 와 있을지도 몰랐다.

제4장
호랑이의 슬픈 눈물 II

강태산은 옷을 바꿔 입고 방을 나선 후 곧바로 가족들의 눈을 피해 지붕으로 올라갔다.

그런 후 태을경공을 펼쳐 근처에서 가장 높은 건물로 빠르게 이동했다.

먼저 자신을 감시하는 놈들이 있는지 확인하는 게 급선무였다.

좌에서 우로 시선을 스캔하며 움직이자 맞은편 건물의 어둠 속에서 적외선 망원경 달린 저격총이 반짝이는 게 보였다.

혀를 꺼내 입술을 축이고 눈을 지그시 오므렸다.

그런 후 계속해서 차근차근 하숙집 전면을 노릴 수 있는 모든 각도를 스캔해 나갔다.

발견한 놈은 둘.

자신을 노린 걸까.

아마 그럴 것이다. 그리고 자신이 빠져나갔다는 것을 알게 된다면 가족들이 위험해질 게 분명했다.

따라서 가족들의 안전을 위해서는 놈들을 해치우는 것이 우선이었다.

강태산은 먼저 서쪽에 있는 놈을 타깃으로 삼았다.

놈은 하숙집과 500m 떨어진 7층 건물 옥상 난간에 몸을 기대어 있었는데 그곳에서는 하숙집의 움직임이 환하게 보인다.

자신이 있던 17층 건물에서 직선거리로 1.5㎞.

일반 형사라면 죽어라 빨리 뛰어도 30분은 족히 걸리고 청룡대원이라 해도 10분은 소비되어야 한다.

하지만 강태산은 다르다.

태을경공이 극에 오르면서 거리와 높이가 무의미하게 변한 지 오래였다.

강태산은 건물과 건물을 넘고 날아서 놈을 향해 움직였다.

워낙 빠르게 움직이니 강태산의 신형은 보이지도 않았다.

불과 1분도 걸리지 않아서 놈의 등 뒤에 당도한 강태산은 한월을 앞으로 꾹 찔러 방아쇠를 고정하고 있던 암살자의 손가락을 끊어냈다.

그런 후 곧장 비명이 새어 나오는 놈의 목을 도갑으로 때렸다.

암살자는 피가 새어 나오는 오른손 검지를 끌어안은 채 입을 떠억 벌렸는데 어떻게 된 건지 전혀 비명 소리를 내지 못했다.

그럼에도 그 고통은 충분히 느낄 수 있었다.

시뻘게진 얼굴. 생살이 끊어진 그의 고통은 핏물이 배어나올 것 같은 충혈된 눈에서 절절히 나타났다.

그러나 강태산은 그의 고통스러워하는 모습에 조금의 인정도 두지 않았다.

"말할 수 있게 해주겠다. 내가 묻는 말에 간단하게 대답하면 편하게 죽을 수 있도록 해주마."

한월의 도갑으로 목줄기를 몇 번 때리자 청안의 암살자가 거친 숨소리를 뿜어냈다.

그의 숨소리는 마치 짐승의 울음소리와 닮아 있었다.

"내 질문에 대답하지 않아도 좋다. 어차피 네가 아니더라도 나는 너를 보낸 놈에게 찾아갈 테니까. 지금부터 묻겠다. 정체는?"

"죽여라."

"좋군. 아주 괜찮은 대답이야."

"크크크……."

암살자가 비릿하게 웃자 강태산이 그와 비슷한 웃음을 흘려냈다.

하지만 그 웃음에는 암살자의 얼굴에서 웃음을 지워낼 만큼 충분한 공포가 담겨 있었다.

"딱 보니까 알겠다. 너는 CIA 소속이겠구나."

"그냥 죽여. 수치스럽게 만들지 말고."

"너와 비슷한 놈을 죽인 적이 있지. 허드슨 강의 유령이라고 불리던 놈이었어. 뭐 어떤 놈들은 그놈을 화이트 새도라고도 한다더군."

"으… 정말 네가… 허드슨 강의 유령을 죽였단 말이냐?"

암살자의 눈이 놀라움으로 젖어갔다.

스파이 세계에서 허드슨 강의 유령은 전설적인 인물이었기에 CIA를 위해 일하는 특급 암살자들은 물론이고 세계 각 국의 정보세계 요원들마저 두려워하는 자였다.

그런 허드슨 강의 유령이 제거되었다는 소식이 전해졌을 때 스파이 세계에서는 커다란 격랑이 몰아닥쳤다.

세계 특급 암살자 명부에서도 당당하게 1위에 올라있던 허드슨 강의 유령이 누군가에 의해 제거되었다는 것은 충격 그 자체였다.

물론 최근에 들어와 허드슨 강의 유령에 대한 전설을 완벽하게 깨부수며 신화에 등극한 자도 있었으나 그 존재는 실체가 불분명했다.

암살자의 눈이 찢어질 듯 커지자 강태산의 미소가 더욱 짙어졌다.

"내가 누군지 궁금한가?"

"…누구냐?"

"나는 코드네임 청룡이라고 한다. 대한민국의 수호자이자 너희들 세계에서 공포의 대명사로 불리는 헬파이어가 바로 나다. 아마, 네가 레벨이 어느 정도 있다면 들어봤을 것이다."

"으… 네가 정말 헬파이어란 말이냐! IS를 초토화시킨!"

"그렇다."

"그렇다면 미국과 중국, 일본의 정보책임자를 죽인 것도 네가 맞는가?"

"맞아. 자, 너무 많은 말을 했구만. 이제 말해봐. 너의 코드네임이 뭐지?"

"나는 캐논. CIA 비밀 암살 요원 16호이며 너를 죽이라는 명령을 받았다. 작전 시간은 22시 정각이었다."

"지령을 내린 자는?"

"한국지부장 캘빈이다."

"타깃은 나뿐인가?"

"나는 다른 건 모른다."

"어차피 죽는다는 건 알고 있겠지?"

"안다. 하지만 두렵지 않다. 이 세계에는 언젠가 한번은 겪어야 하는 일 아니냐. 내가 너에게 입을 연 것은 두려워서가 아니라 전설의 헬파이어를 두 눈으로 직접 본 것에 대한 경의의 표시다."

"고맙다. 편하게 가라. 나중에 지옥에서 만나면 그때 술 한잔 같이하지."

신촌 사거리에 있는 지하 노래방에 대원들이 모인 것은 저녁 9시.

강태산이 날린 비상메시지에 부대장 유상철을 포함해서 모든 대원이 참석했는데, 그중 이태양과 설민호는 부상을 당한 상태였다.

대원들이 모두 모인 것을 확인한 강태산은 이태양의 다친 팔을 만지며 인상을 긁었다.

"총에 맞은 거냐?"

"스쳤습니다. 응급조치를 했으니까 움직일 만합니다."

"기습이었나?"

"집을 나서니까 바로 갈기더군요. 낌새가 이상해서 조심하지 않았다면 황천으로 갈 뻔했습니다."

"기습을 받은 사람 또 있어?"

강태산의 질문에 김중원과 차지연이 손을 들었다.

그렇다면 대원의 반 이상이 기습을 받았다는 뜻인데 정체 불명의 암살자들은 정확하게 그들의 정체를 파악했다는 뜻이다.

놈들의 작전 시간은 22시 정각이었다고 했는데 선공이 시작되었다는 것은 그만큼 철저하게 연락 체계가 갖춰져 있었다는 이야기다.

강태산은 지그시 눈을 감았다.

이렇게 한꺼번에 청룡대원들의 신원이 무너졌다는 것은 고위층이 CIA의 올가미에 걸려들었다는 걸 의미했다.

그것은 정 의장과 최 국장의 신변이 위험에 빠졌다는 것을 뜻했다.

"가족을 지켜야 하는 사람 있나?"

강태산이 물었다.

지금 당장 CIA쪽을 공격해야 했지만 암살자들이 가족을 노린다면 임무를 수행하기 곤란하다.

그러자 유태호와 설민호가 슬그머니 손을 들었다.

"죄송합니다. 마침 본가에 가 있던 바람에……."

"너희 둘은 돌아간다."

"죄송합니다."

유태호가 설민호가 고개를 숙이자 강태산의 고개가 유상철에게 돌아갔다.

"부대장. 세컨 폰으로 모두 교체했겠지?"

"교체되었습니다."

"지금부터 CIA 한국지부장 캘빈을 잡는다. 작전 시간은 내일 아침 06시까지다. 부대장과 이태양은 놈들의 본부를 급습하도록. 서영찬과 김중환은 놈들의 두더지굴을 맡아라. 비너스는 우리 본부에 연락해서 놈들의 통신 위치를 모두 파악해서 보고해. 모두 서둘러. 캘빈의 위치가 파악되는 대로 나에게 알려라. 놈은 내가 직접 잡는다."

정 의장은 가족들과 즐거운 저녁 식사를 끝내고 담소를 나누다가 밤 10시가 넘어서 침실로 들어갔다.

더 있고 싶었지만 체력이 뒤따라 주지 않았다.

이제는 나이가 들어서 그런지 한자리에서 2시간 넘게 앉아 있는 것이 힘들었다.

놈들이 습격을 해온 것은 11시 무렵이었다.

늘 시계를 보는 버릇이 있기 때문에 창문이 소리 없이 열리며 찬바람이 불어온 시간을 정확하게 기억할 수 있었다.

시커먼 그림자. 그리고 야수의 지독한 냄새를 풍기며 들어온 사내는 조금의 망설임도 없이 그의 머리를 둔기로 갈겼다.

눈을 떴을 때 보인 것은 온통 흰색으로 칠해진 방이었다.

열 평 가까운 방의 중앙에 온몸이 묶인 채 앉아 있는 자신의 모습은 둔기에 맞은 머리에서 피가 흘렀는지 몰골이 엉망이었다.

본능적으로 방을 꼼꼼하게 살폈다.

2대의 CCTV가 설치되어 있었고 한쪽 벽면에는 갈고리가 설치되어 있었는데 한눈에 봐도 고문을 하기위해 만들어 놓은 기구인 것 같았다.

고개를 흔들어 몸을 풀었다.

나이가 들어서 얻어맞았기 때문인지 온몸이 경직되어 움직이는 것이 어색했다.

문이 열리며 사람들이 들어온 것은 그가 겨우 균형을 잡기 시작했을 때였다.

방으로 들어온 놈들은 30대 중반으로 보였는데 푸른 눈의 서양인이었고 손에는 비닐장갑이 끼어 있었다.

"정신을 차렸군. 늙어서 그런가, 회복력이 느리구만."

"누구냐?"

"크크크… 질문은 내가 한다. 답은 네가 말하는 것이고."

"이런… 재미있는 자들이구나. 다 늙은 노인네랑 뭘 하려고 잡아왔을까?"

"다 늙은 노인네가 비밀 투성이라 잡아온 것 아니겠나. 자

그럼 천천히 이야기를 나눠보지. 정용석, 특전사령관 출신이더군. 맞나?"

"그렇다."

"제대를 하고 곧바로 국가 비밀 조직에 가입했군. 조직의 이름이 뭐지?"

왼쪽에 있는 자가 묻자 정 의장의 얼굴에서 웃음이 떠올랐다.

조직의 이름을 묻는 걸 보니 놈들은 아직까지 확실한 정보를 획득하지 못한 것이 분명했다.

"나는 제대를 하고 지금까지 편안하게 노후를 즐기고 있는 사람이다. 그게 무슨 엉뚱한 소리냐?"

"이 늙은이가 우리를 물로 보는 모양이군. 한 번만 더 묻지. 우린 네가 비밀 조직에 몸담고 있다는 명확한 증거를 가지고 있다. 청룡이라는 놈에 대한 존재까지 알고 있단 말이다. 그러니까 좋게 말할 때 불도록. 늙은 몸은 쉽게 부러진다는 거 잊지 마."

"푸하하하……."

놈의 말을 들은 정 의장이 웃기 시작했다.

이런 상황이 닥칠지도 모른다는 생각을 한 적이 있었으나 워낙 오랜 세월을 무사하게 지냈기 때문에 최근에 들어서는 아예 고민조차 한 적이 없다.

청룡이라…….

놈들의 입에서 청룡이란 단어가 나온 이상 무사하게 빠져 나가기는 그른 것 같았다.

과연 놈들은 청룡의 존재를 어떻게 알았을까?

웃음 속에서 최근의 일들을 되돌아보기 시작했다.

그가 청룡이란 말을 입 밖으로 꺼낸 것은 오직 한 번밖에 없었다.

바로 청와대에서 대통령을 만났을 때다.

청와대는 모든 도청 장치를 제어할 수 있는 장비가 구축되어 있는 곳이었다.

그런데도 놈들이 도청을 했다는 것은 최신예 감청 장치를 동원했다는 뜻이었다.

"CIA냐?"

"왜 그렇게 생각하나?"

"청와대를 도청할 수 있는 것은 미국밖에 없기 때문이지."

"후후후, 그건 네 마음대로 생각해. 어쩔 테냐. 좋게 불 테냐? 아니면 물리적으로 해볼까?"

"내 입에서 너희들이 들을 수 있는 건 아무것도 없다. 그러니 마음대로 해봐."

"이 방은 한 달에 한 번꼴로 다시 도색을 해. 도색을 할 때마다 사방에 튄 피를 청소하느라 힘들다고 불평이 많더군. 하지만 말이야… 아름다워. 새하얀 눈처럼 흰 이곳에 피가 흐를 때의 그 광경은 사람을 극도로 흥분시키지. 자, 그럼 시작해 보자고. 언제든지 말할 생각이 들면 스톱이란 말을 하도록. 찰리, 공구함 풀어. 최대한 빨리 끝내고 가서 자자."

놈의 말에 찰리란 놈이 손에 들고 있던 커다란 가방을 열었다.

그곳에서 수없이 많은 물건들이 나오기 시작했다.

망치도 크기에 따라 다양했고 톱과 펜치, 그리고 전기 충격기까지 꺼내졌다.

정 의장은 가방에서 빠져나오는 물건들을 보면서 또다시 웃음을 흘려냈다.

얼마나 견딜 수 있을까.

늙었으니 고통도 덜하면 좋겠다는 생각이 들었다.

찰리가 다가와 손가락에 펜치를 가져다댔다.

그런 후 놈은 엄지부터 부수기 시작했다.

빠악.

펜치에 눌린 엄지가 터지면서 피가 분수처럼 솟구쳐 올라왔는데 어울리지 않는 파괴음이 먼저 들렸다.

눈을 감았다.

눈을 뜨고 고통을 호소하면 놈들이 비웃을 것 같았다.

두 번째, 세 번째, 그리고 나머지 손가락들이 차례대로 놈의 손에 의해 으스러져갔다.

악문 입술 사이로 피가 흘렀지만 끝내 고통에 찬 신음을 흘리지 않았다.

놈은 왼손이 끝나자 오른쪽으로 넘어왔다.

왼손에 이어 오른쪽 손가락이 모두 부서졌을 때 코에서 피가 흐르기 시작했다.

고통을 참아내는 인간의 한계란 없다.

오직 참아내겠다는 의지만이 그 고통을 상쇄시키며 시간을 멈추게 만들 뿐이다.

＊　　　　＊　　　　＊

"지독한 늙은이군."

"비명 한번 지르지 않는군요. 쉽게 입을 열지 않을 것 같습니다."

화면을 통해 상황을 지켜보던 캘빈이 먼저 입을 열자 그 뒤를 리챠드가 받았다.

잔인하고 지독한 고문이었으나 그들은 인상 한번 찌푸리지 않은 채 지켜보고 있었다.

한두 번 겪는 일이 아니다.

미국의 이익을 위해 살아오면서 적에 대한 인정은 조금도 두지 않았고 정보를 착취하기 위해서는 이보다 더한 짓도 수 없이 해왔다.

이미 온통 흰색으로 칠해져 본능적인 두려움을 주던 방은 정 의장이 흘려낸 피로 인해 붉게 물들어 가고 있었다.

CIA 고문 기술자들의 고문 방식은 살이 떨릴 만큼 잔인했다.

정 의장의 손톱을 먼저 부순 그들은 손가락을 차례차례 꺾었고, 계속해서 발가락을 제거해 나갔다.

고통으로 인해 정 의장이 정신을 잃을 때마다 놈들은 물을 끼얹어 강제로 의식이 돌아오게 만든 후 또다시 고문을 지속했다.

고문하던 장면을 계속 지켜보던 캘빈의 입이 다시 열린 것은 정 의장의 몸에 전기 충격기가 흐르고 난 후였다.

끼얹은 물로 인해 온몸이 젖어 있던 정 의장은 부들부들 떨면서 고통에 겨워하다가 풀썩 고개를 떨어뜨렸다.

마치 죽은 것처럼 보일 지경이었다.

"그만해. 저 늙은이는 고문으로 안 된다."

"어쩌실 생각이십니까?"

"우리 목적은 하나뿐이야. 저자의 입에서 비밀 조직에 관한 것들을 알아내는 것뿐이란 말이다. 직접 해서 안 된다면 다른 방법을 써야지. 괜히 시간 끌지 말고 같이 끌고 온 저자의 부인을 데리고 와."

"그 노인네는 데려오는 과정에서 허리를 다쳐서 서지도 못합니다."

"리챠드. 재미있는 소릴 하는구나. 언제부터 자네가 인도주의자가 되었나. 쓸데없는 소리하지 말고 저자 앞에서 그 할망구가 고통스러워하는 걸 보여줘. 얼마나 견디나 보자고."

"알겠습니다."

정 의장은 차가운 기운에 정신을 차리고 겨우 눈을 떴다.

놈들은 자살하는 것을 막기 위해 깔때기를 채워 놨기 때문에 벌려진 입에서 연신 피가 섞인 침이 흘러내리고 있었다.

희미해진 시선.

또 물을 뿌렸던 모양이다.

겨우 뜬 눈으로 정면을 바라보자 섬뜩한 미소를 띤 챨리가 자신의 시선을 가로막은 채 잔인한 웃음을 흘려내고 있었다.

"대단한 늙은이야. 충분히 인정해 주지. 고통에 저항하는 당신의 의지는 정말 박수를 쳐줄 정도로 훌륭하다."

"그만… 죽여라……."

"그럴 수는 없지. 듣고 싶은 말이 있는데 그럴 수야 있나."

"너희들이 어떤 짓을 해도 나한테서 들을 수 있는 것은 아무것도 없을 것이다."

"아니… 있을 거야."

찰리가 정 의장을 가로막고 있던 몸을 비키자 뒤쪽의 상황이 시선으로 들어왔다.

"으……"

저절로 신음이 흘러나왔다.

그토록 모진 고문을 받으면서도 단 한 번의 신음조차 흘리지 않았던 정 의장은 결박한 상태로 앉아 있는 자신의 부인을 확인하고는 짐승처럼 신음을 흘려냈다.

황 여사의 슬픈 눈빛.

엉망이 되어버린 자신의 몸을 바라보는 마누라의 시선은 걱정과 안타까움이 섞여 마구 떨리고 있었다.

소리가 들려온 것은 그녀의 옆에 서 있던 브라운이라는 놈에게서였다.

"지금부터 당신에게 좋은 구경거리를 보여주지. 이번에도 룰은 마찬가지야. 이야기 하고 싶은 마음이 들면 스톱을 외치도록. 당신이 스톱을 외치는 순간 당신 마누라는 지옥에서 해방될 수 있다는 거 잊지 마라."

사람이 아니다.

아니, 사람의 얼굴을 뒤집어 쓴 악마들이 분명했다.

마누라에게 다가간 찰리가 손목을 고정시키자 브라운은 자신에게 한 것과 똑같은 짓을 그녀에게 하기 시작했다.

마누라는 엄지의 손톱이 깨지면서 피가 솟구치는 순간부터 어린 사슴처럼 길고긴 비명 소리를 쏟아내기 시작했다.

그녀의 비명 소리는 마치 비수처럼 정 의장의 가슴을 날카롭게 찌를 만큼 애처로웠다.

'여보, 여보!'

영문도 모른 채 피를 뿌리며 고통을 당하는 마누라의 모습이 불쌍해서 견딜 수가 없었다.

평생을 같이 살아온 마누라는 살려달라며 그를 향해 몸부림을 쳤다.

자신도 모르게 눈물이 흐르기 시작했다.

큭… 큭… 큭.

뜨겁다.

얼굴을 타고 흐르는 눈물이 더 없이 뜨겁게 느껴졌다.

'미안해, 여보.'

'당신의 고통이 얼마나 힘들고 괴로운지 알아.'

'그럼에도 도와주지 못하는 내가 정말 미안해.'

'여보, 사랑한다.'

'우리… 죽으면 같이 묻힐 수 있을까. 만약 그렇게 된다면 지금의 미안함을 두고두고 갚을게. 미안해, 여보.'

강태산은 차지연의 보고를 받은 후 곧장 구로동으로 움직였다.

CRSF 본부에서 체크된 캘빈과 리챠드의 마지막 위치 신호는 구로역에서 10분 거리에 있는 세일 무역 건물에서 끊어졌다는 것이다.

이미 CIA 본부와 놈들의 비밀 아지트들은 청룡대원들에 의해 제압된 상태였다.

상황을 유지하라고 지시를 내린 강태산은 세일 무역 건물을 샅샅이 훑은 후 지하로 내려갔다.

지하실의 구조는 특이했다.

엘리베이터조차 가동되지 않는 지하실은 오직 계단으로 내려갈 수 있었는데, 한 층을 내려오자 그때부터 CCTV가 모든 사각을 커버한 채 작동하고 있었다.

강태산은 내려가면서 차례대로 CCTV를 박살 낸 후 계단을 내려서서 굳게 잠긴 문을 바라보았다.

문은 여느 지하실과 다름이 없었으나 손으로 잡고 돌린 후 금방 다르다는 것을 알 수 있었다.

이중으로 설치된 문.

겉문은 사람들을 속이기 위해서 트릭으로 설치된 것이었고, 그 문이 열린 뒤 드러난 두번째 문은 강철로 제작된 특수한 문이었다.

지문 인식 시스템이 설치된 강철문은 얼마나 견고한지 웬만한 폭탄 가지고는 여는 것이 힘들 정도로 단단해 보였다.

강태산은 지체 없이 한월을 꺼내들었다.

시간이 없다.

납치된 정 의장과 최 국장의 신변이 위험한 이상 최대한 빨리 캘빈을 잡아야 했다.

번쩍.

강태산이 강철문의 틈을 향해 한월을 내려쳤다.

팔성에 도달한 현천기공이 실린 한월은 천고의 병기가 되어 강철문을 단숨에 찢어냈다.

폭탄처럼 폭파된 것이 아니라 둥그런 모양으로 제거된 강철문의 두께는 거의 20㎝가 넘어 보였다.

타앙, 탕, 탕.

강철문이 제거되자 안쪽에서 사격이 시작되었다.

놈들은 자동소총으로 무장되어 있었던지 연속해서 총을 쏴대고 있었는데 진입을 막기 위함이 분명했다.

강태산은 인상을 슬쩍 찌푸린 후 한월을 다시 한 번 들었다.

파산도법의 제삼 초식 산파를 전력으로 시전했다.

산파는 목표물을 단박에 산산이 부숴 버릴 때 쓰는 초식이었다.

콰앙!

사람이 들어갈 정도로 구멍이 뚫렸던 강철문이 강력한 포탄에 얻어맞은 것처럼 종잇장 찢기듯 날아갔다.

그냥 열린 것이 아니라 파편이 튀면서 안으로 날아갔기 때문에 공격하던 자들은 날벼락을 맞은 것과 다름이 없었다.

총소리가 그친 것과 동시에 강태산의 신형이 번쩍하고 움직였다.

입구를 확보한 강태산은 지하실의 구조를 먼저 살핀 후 왼쪽으로 몸을 날렸다.

미로처럼 얽힌 구조.

일반 건물의 지하실과 확연히 다른 구조였는데 시선이 확보되지 않을 만큼 복잡했고 정밀했다.

더군다나 CCTV가 칸칸이 설치되어 침입자의 움직임을 고스란히 볼 수 있어 완벽한 방어가 가능한 구조였다.

그걸 증명이라도 하듯 강태산이 움직일 때마다 굴곡진 벽을 엄폐물로 삼은 적들의 총격이 집요하게 날아왔다.

다른 대원들이었다면 한 치의 진출도 어려웠을 만큼 완벽한 방어선이었다.

하지만 강태산은 지옥을 지키는 팔부신장의 하나로 불리는 야차였다.

태을경공을 이용해서 벽과 벽을 타고 넘은 강태산의 한월에서 시퍼런 도기가 뿌려질 때마다 적들의 몸에서 피가 솟구쳤다.

다섯 번의 격벽을 통과하면서 그가 죽인 숫자는 열둘이 넘었는데, 그때까지 걸린 시간은 불과 3분밖에 지나지 않았다.

강태산은 적들을 통과한 후 자신의 전면에 나타난 문을 향해 한월을 치켜들었다.

무거운 침묵.

그동안 겪어온 경험과 느낌으로 알 수 있었다.

이곳이 지하실의 심장부란 것을.

강태산은 다시 한 번 산파를 펼쳐 문을 직격했다.

콰앙!

강철문의 파편이 날아가는 것과 동시에 강태산의 신형이 안으로 파고들었다.

안에 있던 자들은 침입자가 들어오는 순간 공격을 하기 위해서 준비하고 있다가 당했는지 여기저기 널브러진 채 신음을 흘리고 있었다.

방으로 들어서자 수많은 모니터들이 보였다.

특히 다섯 개의 방이 비추는 화면이 눈에 들어왔는데, 그중 두 개는 온통 피로 물들어 있었다.

뚜벅, 뚜벅.

강태산은 천천히 걸어가며 비명을 질러대고 있는 왼쪽 사내의 목을 쳤다.

그런 후 차례차례 나머지 세 명의 CIA 요원들을 사살한 후 캘빈의 앞에 섰다.

"일어나라. 캘빈."

"으… 너는 누구냐?"

"내가 누굴 것 같으냐."

"모… 모른다."

"이 새끼야, 내가 바로 네가 간절히 찾던 청룡이다."

강태산은 무거운 목소리로 말을 하며 캘빈의 목을 찍어 누른 후 모니터에 나타난 화면을 주의 깊게 바라보았다.

화면에는 각각 두 놈이 달라붙어 고기처럼 변해버린 사람들을 계속 고문하고 있었는데 그 모습이 마치 기계처럼 보였다.

강태산의 이가 부서지도록 악물려졌다.

번쩍.

한월이 날았고 캘빈의 양손이 동시에 끊어졌다.

"으악!"

캘빈의 입에서 짐승 같은 비명 소리가 흘러나왔으나, 강태산은 신경 쓰지 않고 지체 없이 놈의 양 발목을 마저 잘랐다.

그런 후 곧장 방을 튀어나와 화면에 나타난 룸의 번호가 적힌 곳을 향해 날아갔다.

3번 문을 박살내고 들어서자 누군가를 고문하고 있던 두 놈이 황당한 눈으로 바라보는 것이 보였다.

한월을 휘둘러 고문 기구를 들고 있는 두 놈의 팔을 잘라 버렸다.

강태산의 분노는 거기서 그치지 않았다.

차례대로 다리를 잘라 버린 강태산은 기절을 한 채 쓰러져 있는 정 의장을 향해 다가갔다.

엉망으로 변해 버린 모습.

푸근하면서도 다정했던 정 의장의 얼굴은 이미 형체를 알아볼 수 없을 정도로 망가져 있었고, 팔과 다리는 잘려 피로 온몸이 도배된 상태였다.

맥을 짚었으나 맥이 잡히지 않았다. 마지막 숨은 남아 있었으나 죽은 것이나 다름없는 몸이었다.

이 정도 상태라면 전설의 화타가 돌아온다 해도 살릴 방법이 없다.

그랬기에 강태산은 한월을 들어 그의 뇌호혈을 찔렀다.

그의 마지막이 더없이 편하기를 바라면서.

정 의장의 신념과 국가를 향한 충성이 어떠한지 안다.

그는 노쇠했음에도 대한민국을 한없이 사랑했고 뼛속까지 철저한 군인이었다.

맞은편에 앉아 있는 할머니는 분명 정 의장의 부인일 것이다.

이미 그녀는 한참 전에 죽었는지 몸이 싸늘하게 식어 있었다.

분노로 몸이 부들부들 떨렸다.

하지만 지금은 이러고 있을 때가 아니었다.

급하게 몸을 날려 4번 방을 부수고 들어가며 고문하던 놈들을 짓이겼다.

놈들의 팔과 다리를 차례대로 끊어 놓은 후 고통에 몸부림치도록 방치해 놓고 최 국장을 향해 다가갔다.

그 역시 엉망이었는데, 왼쪽 팔은 이미 손목부터 끊어져 있었고 오른쪽 팔은 막 끊으려 했던지 둥그런 가위 형태의 기구가 설치된 상태였다.

하지만 그의 상태는 정 의장보다는 괜찮은 편이었다.

정신은 온전하지 못했지만 강태산이 다가서자 즉각 반응을 보였다.

"이 새끼들아. 그만해라. 아파 뒤지겠다."

"국장님, 접니다."

"그만하라니까. 그만하고 죽여, 이 새끼들아!"

고개를 숙인 채 최 국장은 똑같은 소리를 계속해서 중얼대고 있었다.

아마도 그는 이곳에 들어온 순간부터 똑같은 내용을 반복했을 것이다.

이가 악물어졌다.

언제나 푸근한 웃음을 지으며 친형처럼 대해주었던 최 국장은 지금 이 순간 반병신이 된 상태로 자신을 알아보지 못한 채 죽기를 원하고 있었다.

강태산은 천천히 자신의 주머니에서 핸드폰을 꺼냈다.

그러고는 신호를 보낸 후 핸드폰을 귀로 가져갔다.

"대장님, 유상철입니다."

"지금… CIA 본부에 있는 놈들은 모두 사살한다. 한 놈도 남기지 말도록."

"여기에는 열 다섯 명이나 있습니다."

"내 말대로 해. 지금부터 우리는… 레드코드 원을 진행한다."

"알겠습니다!"

레드코드 원.

청룡의 레드코드 원은 적의 씨를 말려 버리는 박멸 작전을 의미하는 것이었다.

강태산은 CIA 비밀 아지트를 장악한 서영찬에게도 똑같은 명령을 내린 후 최 국장을 묶은 줄을 풀었다.

힘없이 쓰러지는 최 국장의 몸은 허깨비나 다름없었다.

그를 업고 방은 빠져나온 강태산은 처음에 있던 관제 센터로 들어가 아직 숨이 붙은 채 헐떡거리는 캘빈을 향해 다가갔다.

"캘빈… 고문하는 장면을 보면서 즐거웠나. 크크크… 악마를 건드린 대가를 지금부터 철저히 치르게 해주마. 지옥에 먼저 가 있어. 그러면 내가 너와 친했던 모든 새끼들을 차례대로 보내줄게."

제5장
레드코드 원

최 국장을 병원에 입원시킨 강태산은 곧장 대원들을 불러 모았다.

간밤에 벌어졌던 한바탕 전투 때문인지 대원들의 표정은 살짝 굳어져 있었다.

상대가 세계 최고의 정보기관이며 자타가 공인하는 CIA였기 때문이었다.

어젯밤 그들이 죽인 CIA 요원들의 숫자는 거의 50명에 육박했다.

숫자가 많았던 이유는 평소에 주재하는 자들은 물론이고

특수작전을 위해 극비리에 들어왔던 놈들까지 한꺼번에 몰살시켰기 때문이다.

"대장님. 후속 작전을 시행하실 생각입니까?"

모인 대원들을 대표해서 유상철이 물었다.

감으로 느껴지는 지독함.

강태산의 표정에서 올올히 새어 나오고 있는 분노의 기운은 이것으로 그치지 않을 거란 그의 예감을 점점 진하게 만들고 있었다.

"우린 전 세계에 펼쳐져 있는 CIA 조직을 완전 섬멸한다."

"전체를 말입니까!"

"그렇다."

강태산의 대답에 대원들의 얼굴에서 놀라움이 퍼져 나갔다.

단순한 작전이 아니라 전쟁이다.

CIA는 세계 곳곳에 지부를 만들어 놓고 지구촌에서 벌어지는 모든 정보를 쓸어 담는 공룡 같은 조직이었다.

그들로 인해 세계 여러 나라의 정권이 전복되기도 하고 유수의 기업들이 쓰러지기도 했다.

한마디로 CIA는 미국의 이익을 위해 전 방위로 활동하며 전 세계를 상대로 최전선에서 싸우는 전초부대나 다름없는 조직이었다.

"대장님, CIA를 건드리는 건 미국과의 전면전을 선포하는 것이나 마찬가집니다."

"알고 있어."

"이유를 물어도 되겠습니까?"

유상철이 의문에 가득 찬 눈으로 물었다.

대원들은 금방 병원에 도착했기 때문에 어젯밤 벌어진 사단의 원인이 무엇인지 정확하게 인지하지 못하고 있었다.

잠시의 침묵.

침묵속에 담겨 있는 분노를 숨기지 않은 채 강태산의 입이 열렸다.

"이 병원에… 최 국장님이 계신다."

"국장님이요?"

"국장님은 CIA 놈들에게 붙잡혀서 고문을 당하셨는데, 얼마나 지독하게 당하셨는지 반신불수가 되었다."

"으……."

"당한 것은 국장님뿐만이 아니다. CRSF의 수장이신 정 의장 부부께서 놈들에게 목숨을 잃었다. 놈들은 우리의 정체를 알아내기 위해 그분들의 사지를 갈기갈기 찢어 놓았어."

대원들은 정 의장을 모른다.

정체를 철저히 숨긴 채 CRSF를 이끌었기 때문에 요원들 중 그의 얼굴을 아는 사람은 최 국장과 강태산이 유일했다.

그럼에도 청룡대원들의 눈이 점점 회색으로 변하기 시작했다.

강태산이 CIA를 치겠다는 말을 했을 때 의문을 담았던 눈은 어느새 서서히 분노로 변해가는 중이었다.

그런 대원들을 보면서 튀어 나온 강태산의 목소리는 무거웠고 매우 건조했다.

"지금부터 지시를 내리겠다. 유상철과 김중환은 유럽을 맡아라. 전부 제거하기에는 시간이 부족할 테니 영국과 프랑스, 이태리와 독일, 스페인에 있는 놈들만 때려잡아. 그 정도만 때려잡아도 유럽에서의 기능은 상당 부분 상실될 거야. 주의할 것은 놈들이 가지고 있는 정보 시설까지 확실하게 파괴해야 된다는 것이다."

"알겠습니다."

"서영찬과 설민호, 차지연은 중동 쪽을 맡아. CIA의 상당수 전력이 거기에 몰려 있으니 주의하도록 해. 놈들은 그곳에서 꽤 많은 공작을 피우기 때문에 만만치 않을 거다."

"걱정하지 마십시오. 확실히 때려 부수지요."

"유태호와 이태양은 남미를 쳐라. 기한은 한 달이다. 그 한 달 동안 마음껏 피 냄새를 맡도록. 대한민국을 건드린 대가를 철저하게 받아내란 말이다."

"대장님은 어쩌실 생각이십니까?"

"나는 일본과 중국을 비롯해서 아시아에 있는 놈들을 때려

잡은 후 놈들의 심장으로 들어간다."

"심장이라면?"

"이 일을 시작한 놈들이 사는 곳, 바로 미국이다."

강태산은 대원들을 모두 떠나보낸 후에도 병원을 나서지 못했다.

최 국장은 의식을 잃은 지 꼬박 이틀이 지났음에도 정신을 차리지 못하고 있었다.

끊어진 한쪽 손목, 그리고 철저하게 짓이겨진 손가락과 발가락의 상처.

놈들은 최대한의 고통을 주기 위해선지 날카로운 송곳으로 허벅지를 비롯해서 옆구리와 가슴근육을 찔렀는데 마치 포를 떠놓은 것 같았다.

인간의 육체를 가장 고통스럽게 만들어 이지를 상실케 함으로서 토설을 하게 만드는 잔인한 고문 방법을 놈들은 최 국장의 전신에 저질러 놓았다.

강태산은 최 국장의 가족들에게 연락을 취하지 않았다.

최 국장이 원하지 않을 거란 생각 때문이었다.

그는 농담을 할 때마다 마누라에게 자신의 직업이 선생님이라고 말했다며 너털웃음을 터뜨리곤 했다.

감정을 잃어버렸다고 생각했는데 잠들어 있는 최 국장의 얼굴을 보고 있자니 저절로 마음이 아파왔다.

악몽을 꾸는 걸까.

최 국장은 잠든 상태에서도 얼굴을 일그러뜨린 채 작은 신음을 흘리고 있었다.

이런 사람이 그 지독한 고문을 이겨냈다는 것이 신기했다.

예전에는 국정원에서 가장 잘 나가는 요원이라는 소리를 들었지만, 지금의 최 국장은 어디에서나 볼 수 있을 정도로 평범한 아저씨였다.

째각, 째각.

시간이 더디게 흘러갔다.

대원들이 병원을 떠난 것은 벌써 20시간이 넘었기 때문에 빠른 팀들은 이미 비행기에 몸을 싣고 있을 것이다.

최 국장이 눈을 뜬 것은 이틀하고도 6시간이 지난 후였다.

"정신이 드십니까?"

"으… 태산아."

"다행입니다."

강태산의 말에 최 국장의 시선이 흔들렸다.

그는 정신을 차린 후 예전의 민완했던 요원답게 자신의 몸 상태를 살폈는데 몸이 마음대로 움직여지지 않자 인상부터 긁었다.

"악… 엄청 아프다. 어떻게 된 거냐?"

"제가 구했죠. 슈퍼맨처럼 나타나서. 국장님은 저 아니었으면 큰일 날 뻔했습니다."

"내 몸은?"

어려운 질문이었으나 강태산은 최 국장을 빤히 바라보며 시선을 피하지 않았다.

어차피 알 내용이라면 조금 빨리 안다고 더 큰 괴로움을 받지는 않을 것이다.

"왼쪽 손목은 잘렸습니다. 손가락 발가락은 부서졌고요. 곧 의사들이 신경을 붙이는 수술을 하겠다고 합니다. 수술만 잘되면 걷는 데는 문제가 없다고 하니까 걱정하지 마십시오."

"그걸 위로라고 하는 거냐?"

"재활 훈련 꾸준히 하면 먹고 쓸 수도 있다니까 그 정도면 꽤 양호한 거 아니겠습니까."

"그런데 왜 몸이 안 움직여, 팔 다리만 다친 게 아닌 모양이지?"

"한 열군데 정도 찔렸어요, 근육 쪽으로. 당분간 움직이지 못할 겁니다."

"이런 씨발."

나름대로 의연하게 대처하던 최 국장의 입에서 기어코 욕설이 터져 나왔다.

강태산의 말을 종합해 보면 자신은 꽤 오랜 시간을 병원에서 보내야 한다는 뜻이었다.

아무리 담대한 최 국장이라도 얼굴색이 어두워지는 건 당연한 일이었다.

거기에 기름을 부운 것은 강태산이었다.

"의장님께서 돌아가셨습니다."

"뭐라고!"

"놈들의 고문을 이기지 못하셨습니다. 놈들은 철저하게 의장님의 전신을 찢어 놓았습니다. 살리고 싶었지만 그렇게 하지 못했습니다."

"으… 흐……."

"의장님 사모님도 같은 자리에서 운명을 같이하셨습니다. 제가… 두 분을 가족들에게 인계했습니다. 마침 오늘이 발인이군요."

"태산아… 놈들은… 어떻게 했냐?"

"모두, 죽였습니다."

"놈들의 정체는?"

"CIA."

"미국, 이 개새끼들!"

움직이지도 못하는 최 국장의 입에서 분노에 찬 고함이 터져 나왔다.

그런 후 극렬한 통증 때문인지 한동안 숨을 헐떡이며 꼼짝도 하지 못했는데, 그의 눈에서는 방울방울 눈물이 흘러나오고 있었다.

그 모습을 보면서 강태산의 입에서 무서운 목소리가 새어 나왔다.

"국장님, 제가 청룡을 움직였습니다."

"무슨… 뜻이냐?"

"빚을 졌으니 갚아야지요."

"너, 도대체 무슨 짓을 한 거야. 안 돼!"

"됩니다. 놈들은 해도 되고 우린 하면 안 된다는 논리가 어디 있습니까."

"태산아, CIA를 건드리는 건 신중해야 된다. 그놈들을 건드리면 미국이 움직여. 자칫 대통령님께서 커다란 곤경에 빠질 수 있단 말이다!"

"그럴 리는 없을 겁니다. 벌써 대원들은 모두 출발한 상탭니다. 제가 아직까지 남아 있었던 것은 국장님께 작전을 실행한다는 보고를 남기기 위해서였습니다."

"이 나쁜 놈아. 네 맘대로 결정해 놓고 보고는 무슨 보고?"

"그래도 책임질 사람은 있어야 되잖습니까."

"크크크… 머리 좋은 놈. 다 죽어가는 사람한테 덤터기를 씌우겠다 이거지?"

"파란 집에 연락을 취해 놨습니다. 아마, 조금 있으면 VIP께서 극비리에 병원에 오실 겁니다. 그때 국장님이 보고해 주세요. 아무것도 모르고 당하시면 당황하실 테니까 말입니다."

"알았다. 대통령님한테 맞아 죽는 건 내가 하지. 대신 시원하게 갈기고 와. 어설프게 하고 오면 넌 내 손에 죽는다."

"그러죠!"

눈알만 겨우 움직이는 최 국장의 얼굴이 이상하게 움직였다.

아직도 눈물이 담겨 있는 그의 얼굴은 고개를 끄덕여 대답하는 강태산의 모습을 보면서 웃었던 것 같은 데, 그 모습이 마치 우는 것처럼 느껴졌다.

동경, 긴자.

일본 CIA 지부장 톰슨은 대한민국에서 벌어진 사태에 대한 긴급 보고를 받은 후 정보 분석관들을 급히 불러들였다.

동경에서도 최고의 번화가인 긴자에 빌딩을 얻어 당당하게 활동하는 CIA 지부는 일본 정부의 눈치조차 보지 않는다고 알려질 만큼 그 활동량이 대단했다.

톰슨이 지부에 도착했을 때는 이미 5명의 1급 정보관들이 모두 자리에서 그를 기다리고 있었다.

"보고해 봐!"

"이미 알고 계신 것 외의 것들만 보고드리겠습니다. 어젯밤 한국지부에서 청와대의 감청에 성공한 후 비밀 조직의 실체를 파악하기 위해 노출된 자들을 제압하는 작전을 펼쳤습니다. 하지만 기습을 했던 요원들이 반격을 받아 상당수가 사망했고 본부와 비밀 아지트까지 완벽하게 파괴되었다는 소식입니다."

"정보가 새었다는 뜻이냐?"

"아무래도 그런 것 같습니다. 머리와 몸통까지는 잡았는데 나머지를 놓치면서 작전에 실패한 것 같습니다."

"정말 황당하군. 기습을 펼쳤는데도 오히려 전멸을 당했단 말이냐!"

"공격에 가담했던 자들 중에서 살아 돌아온 자들 말에 따르면 놈들은 귀신이나 다름없었다고 합니다."

"귀신이라니?"

"완벽한 기습을 했답니다. 그런데도 놈들을 하나도 잡지 못했고 오히려 뒤를 따라잡혀 공격조의 칠 할이 목숨을 잃었다고 했습니다."

"그놈들인 모양이구나."

"저도 그렇게 생각하고 있습니다."

톰슨이 인상을 쓰며 중얼거리자 보고를 하던 선임 정보관 허크가 고개를 끄덕이며 동의를 표해왔다.

일본이 자랑하는 차세대 전투기 JF—21을 완벽하게 파괴하고 사라진 대한민국의 특수부대.

지금 한국 지부가 공격을 한 것은 그놈들일 가능성이 매우 컸다.

CIA 본부에서는 IS를 공격한 것과 북한의 쿠데타를 막아낸 것도 그자들의 짓이라는 추정을 하고 있었다.

그럼에도 어이가 없었다.

동시다발적으로 벌어진 작전이었고 CIA에서 내로라하는 요원들이 치밀한 계획 아래 움직였는데, 결과는 거의 처참한 지경이었다.

"피해는?"

"모두 50명이 사망했습니다. 공격조가 9명 사망했고 본부와 비밀 아지트에서 22명, 화이트 룸에서 19명이 죽었습니다."

"놈들은?"

"머리만 잘랐답니다. 몸통은 화이트 룸에 침입한 놈이 가져 갔다 합니다."

"정말 이해가 되지 않아. 본부와 비밀 아지트는 그렇다 쳐 도 화이트 룸이 그렇게 쉽게 당했다는 건 이해할 수 없어. 화 이트 룸은 특수부대 1개 중대가 공격해도 반나절을 버틸 수 있게 설계되어 있다. 도대체 몇 놈이나 공격해 왔단 말이냐?"

"다른 요원들이 현장에 도착했을 때 미친 도살자 찰리가 살 아 있었답니다. 곧 죽었지만 그놈 말로는 단 한 명이 침입했다 더군요."

"뭐라고? 한 명!"

"제 생각에는 그자가 청와대 감청 때 나왔던 청룡이 아닐까 추측됩니다. 박무현 대통령이 그토록 신뢰할 정도라면 그놈이 아닐까요?"

"그자들의 신변 확보는?"

"몸통은 병원에 들어간 것이 확인되었습니다. 병원에 특전사 놈들이 인의 장벽을 쳤습니다. 하지만 나머지 자들은 근본적으로 신분이 세탁되어 있던 자들이기 때문에 전부 확인 불가능하답니다. 지금 그자들이 어디에 있는지는 전혀 모르는 상태입니다."

"허크, 자네가 그놈들이라면 어떻게 할 것 같은가?"

"무슨 말씀이신지……?"

"기습을 받았잖아, 아무런 이유도 없이. 우리에게는 반드시 놈들을 죽여야 할 이유가 있었지만 그놈들은 영문도 모르고 뒤통수를 맞았으니 열 받지 않았겠어?"

"놈들의 반응을 말씀하시는 거군요. 당분간 숨어 있지 않겠습니까. 기습에 대한 반격을 했다지만 50명이나 목숨을 잃었습니다. 지금 한국 쪽에서 언론을 통제하고 있긴 하지만 인터넷과 SNS를 통해서 슬금슬금 퍼져 나가고 있는 중입니다. 한국 정부에서는 놈들을 당분간 은닉시킨 채 사태의 추이를 지켜볼 것입니다."

"그럴까?"

"한국 정부도 지금쯤 모든 것을 파악했을 겁니다. 당한 것이 우리 CIA라는 것을 알았을 테니 불안에 떨면서 본국의 눈치를 보느라 정신없겠지요."

"허크, 넌 곧 본국으로 돌아가야겠구나."

"무슨 말씀입니까?"

"그 정도밖에 안 되는 감각으로 산다면 너는 얼마 살지 못할 것이다. 한국은 일본이 독도를 침공하자 순식간에 120기의 JF—21을 박살 냈다. 지금도 미스터리로 남아 있는 원전 파괴와 내각 암살 사건 역시 한국 측의 짓인 게 분명해. 놈들은 예전의 한국이 아니야. 박무현이 정권을 잡은 이후부터 한국은 주변 국가의 통제를 벗어나기 시작했다."

"그거야 쥐뿔도 없는 놈들의 몸부림에 불과합니다. 놈들은 결국 꿈틀대다가 예전처럼 주저앉을 겁니다."

"나도 그랬으면 좋겠다. 그러나 왠지 불길한 생각이 끊임없이 든다. 뭐라 꼬집어 말할 수 없으나 한국이 이상하게 두렵게 느껴진단 말이다… 조나단!"

"예, 보스."

"당분간 일본 지부는 활동을 중단한다. 외부에 나가 있는 요원들은 비밀 아지트와 화이트 룸에 집결시키고 작전 중인 요원들도 최대한 빨리 불러들여."

"보스, 놈들이 공격을 해올 거라 생각하시는 겁니까?"

"그렇다. 나는 거미줄을 쳐놓고 기다려 볼 생각이다. 만약 놈들이 내 생각대로 공격을 해온다면 우린 뜻밖의 수확을 얻을 수도 있어."

*　　　　*　　　　*

UFC 홈페이지에 강태산과 카니언의 결전이 공식화되어 대문짝만 하게 게시된 것은 강태산이 일본행 비행기에 몸을 실었을 때였다.

즉각 대한민국은 흥분에 빠져들었다.

수많은 언론들이 호외로 그들의 대결 사실을 뿌렸고 인터넷에서는 날개 달린 듯 결전에 관련된 내용들이 퍼져 나갔다.

"최유진이 어디 있어?"

TCN의 정현탁 국장은 붉어진 얼굴로 담당 PD를 향해 소리를 질렀다.

성경국은 갑작스럽게 들이닥친 국장의 호통 소리에 잠깐 멍한 표정을 지었다가 얼떨결에 입을 열었다.

"그게……."

최유진이 어딜 갔는지 내가 어떻게 안단 말인가.

최유진은 TCN의 방송기자였지만 그야말로 프리랜서처럼

행동하는 여자였다.

강태산으로 인해 격투기가 대한민국을 휩쓸 정도로 열풍에 빠져들자 그녀는 온갖 방송에 패널로 출연하며 한창 주가를 올리는 중이었다.

더군다나 그녀는 보도국 소속이라 격투기 전담 PD인 성경국이 행적을 알 리가 만무했다.

그럼에도 성경국은 마치 죄인이 된 것처럼 고개를 조아렸다.

국장의 얼굴로 봤을 때 괜히 말대꾸를 했다가는 살아남기 어려운 분위기였다.

"어디 갔는지 몰라?"

"예, 아마 다른 쪽에서 예능 프로그램을 녹화하지 않을까요?"

"빨리 찾아서 데려와. 그리고 성 PD도 2시까지 내 방으로 오도록."

"알겠습니다."

국장이 자기 할 말만 끝내고 바람같이 사무실을 빠져나가자 성경국의 입이 댓 발이나 튀어나왔다.

'씨발, 최유진을 왜 나보고 찾으라는 거야.'

말은 하지 않았지만 그의 얼굴은 그렇게 말하고 있었다.

그럼에도 그는 사무실에서 일을 하고 있던 AD 정민철을 향해 소리쳤다.

계급이 깡패고 직장 다니는 것이 죄였으니 부당한 지시였지만 따르는 것이 생명을 오래 유지하는 지름길이다.

"야, 민철아!"

"예."

"너 최유진한테 전화해 봐. 전화해 보고 안 되면 예능국에 스케줄 확인해."

"뭐라고 할까요?"

"2시까지 국장 방으로 오라고 전해."

"녹화중이면요?"

"지금 녹화가 문제냐, 당장 죽게 생겼는데. 녹화 끊고 무조건 오라고 하란 말이야."

최유진은 성경국의 예측대로 그 시간 한창 잘나가는 예능 프로그램 '투나잇 토크쇼'를 녹화하고 있는 중이었다.

그녀는 강태산을 밀착 마크한 전문 기자란 타이틀 때문에 요즘 예능프로그램의 섭외 1순위에 올라 한창 주가를 올리고 있었다.

다행스럽게 녹화가 거의 끝났을 때 콜을 받았기 때문에 그녀는 국장의 방에 시간 맞춰 올라갈 수 있었으나 마음은 벌써 불편해지기 시작했다.

분명 국장이 그녀를 콜한 것은 강태산의 마지막 시합을

TCN에서 중계하기 때문일 것이다.

강태산이 슈퍼스타가 되면서부터 그녀는 강태산에 대한 연정을 깨끗이 정리하려고 노력했다.

방송국에서 살아간다는 것은 흘러 다니는 소문을 누구보다 빠르게 알게 되는 이점이 있다.

예능 쪽에서 일하는 친구들의 말에 따르면 강태산은 김가을과 꽤 깊은 관계까지 진행되었다는 정보를 들었다.

마음은 정리했지만 그를 볼 때마다 화끈거리며 다가오는 낯선 감정마저 감출 수는 없었다.

그 감정이 살아 있는 한 그를 본다는 것은 정말 고통스러운 일이었다.

그녀가 방에 들어갔을 때 국장실에는 꽤 많은 사람들이 모여 있었다.

상석에는 국장이 앉아 있었고, 홍보와 광고, 심지어는 예능 쪽 관계자들까지 모여 있었는데 그 숫자가 열 명이 넘었다.

"녹화했다며?"

"예."

"나 때문에 끊고 온 거 아냐?"

"아니에요, 거의 끝났을 때 연락을 받았어요."

"거기 앉아."

국장의 손짓에 최유진은 비어 있는 의자에 앉았다.

국장은 그녀가 앉은 후 한참 동안 열변을 토해냈다.

강태산의 마지막 시합.

강태산은 그의 마지막 시합을 무모한 도전으로 마무리하려 하고 있었으니 주관 방송사인 TCN이 비상 걸리는 것은 당연한 일이었다.

정국장의 눈이 그녀에게 돌아온 것은 방 안에 있는 모든 사람들에게 세부적인 지시가 끝난 후였다.

"최 기자."

"예, 국장님."

"강태산이 이번 경기를 끝내고 은퇴한다는 소문 들었지?"

"들었습니다."

"사실일 것 같아?"

"공식적으로 발표된 건 아니지만 체육관 측에서 계속 흘러나오고 있어요. 아무래도 사실인 것 같아요. 시합이 끝나면 은퇴를 발표할 생각인 모양이에요."

"휴우… 정말 이해가 되지 않는다. 시합 한 번에 천문학적인 돈을 벌어들이는 놈이 갑자기 은퇴라니……."

"사람마다 생각이 다른 법이니까요."

"이번에도 최 기자가 수고 좀 해줘. 만약 강태산이 정말 은퇴를 선언한다면 대한민국 전체가 난리 날 거야. 왜 그런 결정을 했는지 알고 싶지 않겠어?"

"어쩌란 말씀인지 잘 모르겠어요."

"나는 경기가 끝나고 나면 120분짜리 강태산 특집 방송을 마련할 생각이야. 그러니까 최 기자가 강태산을 맡아줘."

국장의 말에 최유진이 입을 떡 벌렸다.

이곳에 오면서 시합이 벌어질 때까지 예전처럼 밀착 취재를 해달라는 지시를 내릴 줄 알았는데 국장의 요구는 그보다 훨씬 어려운 것이었다.

더군다나 국장의 마지막 말은 그녀의 머리를 하얀 백지장으로 만들기에 충분했다.

"일주일 정도 최 기자가 동행하면서 취재하는 형식을 취할 생각이야. 술도 먹고 밥도 먹어, 자연스럽게. 체육관, 공원, 영화관, 카페 같은 곳도 좋겠군. 장소는 최 기자가 마음껏 정해서 움직여. 제작 비용은 얼마가 들어도 괜찮으니까 그건 걱정하지 말고."

"국장님. 그 사람은 출연하지 않을 거예요."

"힘든 거 알아. 하지만 강태산은 최 기자가 부탁하면 그동안 웬만한 건 다 들어줬잖아. 그러니까 마지막으로 살려달라고 해봐."

강태산은 비행기에서 내려 곧장 동경으로 들어갔다.

CIA의 일본 지부는 자신들의 위치를 거의 드러내 놓고 활동했기 때문에 CRSF의 정보망에 고스란히 잡혀 있는 상태였다.

자신감이다.

중동이나 남미처럼 은밀하게 행동하지 않은 것은 일본과의 특수한 관계가 한몫했고 일본에서의 활동이 정보 수집에 한정되었기 때문이란 게 각국 정보기관의 분석이었다.

하지만 그 분석은 CIA의 철저한 위장 전술에 속은 것이었다.

CIA 일본 지부는 극동지역에서 가장 핵심적인 역할을 맡고 있었는데, 100여 명에 달하는 최고의 요원들과 히트맨을 보유하고 있었다.

중국이나 러시아, 그리고 대한민국과는 달리 일본은 활동 영역에 제한을 받지 않았기 때문에 CIA는 일본 지부를 아시아의 중심으로 삼고 비상 상황이 발생할 때마다 특수요원들과 히트맨들을 파견해 왔다.

이번 한국 지부에서 벌어진 작전에 10명의 히트맨들을 지원한 것도 일본 지부였다.

비록 일본 지부가 보유한 베스트는 아니었지만 그들은 해외에서 활동하는 요원들 중 톱클래스에 들 정도로 우수한 자원들이었다.

강태산은 긴자의 요요나기 빌딩을 향해 천천히 들어섰다.

롱코트를 받쳐 입은 그의 모습은 초겨울의 날씨와 더없이 잘 어울렸는데 얼굴은 중년 신사로 변해 있었다.

천변면구의 마지막 얼굴.

작전을 끝내고 돌아올 때 가끔씩 썼던 얼굴을 강태산은 CIA 일본 지부의 공격에서 사용할 생각이었다.

강태산은 요요나기 빌딩에 들어서서 곧장 엘리베이터로 향했다.

곳곳에 CCTV가 설치되어 있었으나 그는 신경 쓰지 않고 도착한 엘리베이터에 몸을 실었다.

53층의 요요나기 빌딩은 사람들로 붐볐는데 강태산이 엘리베이터에 타자 사람들이 우르르 몰려들었다.

하지만 층이 높아질수록 사람들은 전부 빠져나갔고, 이후 52층에 도착했을 때는 아무도 없었다.

땡.

도착 신호음과 함께 엘리베이터가 멈추면서 문이 열렸다.

강태산은 내리면서 데스크에 서 있던 검은 양복의 사내를 향해 소음 권총을 겨냥한 후 그대로 갈겼다.

미간이 터지며 사내가 쓰러지는 것을 확인한 강태산은 곧바로 복도를 걸어 첫 번째 사무실 문을 발로 걸어찼다.

콰앙.

발로 찼는데 폭탄에 찢겨진 것처럼 문이 통째로 뜯어져 나갔다.

하지만 사무실에는 아무도 없었다.

고개를 갸웃거린 강태산은 계속해서 똑같은 방법으로 사무실을 차례차례 열면서 전진해 나갔다.

일본 지부로 알려진 요요나기 빌딩의 52층을 모두 훑었으나 사람의 인적은 그 어디에도 찾아볼 수 없었다.

비상계단을 통해 53층으로 올라가자 아래층과 똑같은 복장을 한 검은 양복의 사내가 보였다.

슈욱… 슉.

사내는 모니터를 통해 침입자가 들어왔다는 것을 알고 있었는지 강태산의 모습이 드러나자 거침없이 소음기가 달린 매그넘 5를 갈겨왔다.

단숨에 탄창이 빌 정도로 빠른 연사.

놈의 솜씨로 봤을 때 데스크에서 안내나 할 자가 절대 아니었다.

대리석으로 만들어진 카운터 테이블에 숨어 총을 쏴대는 사내를 향해 강태산의 몸이 날아올랐다.

사내는 사각을 만들어 방어를 하고 있었으나 벽을 타고 날아오른 강태산에게 곧 전신이 노출되었다.

총이 불을 뿜었다. 그러나 이번에는 이마가 아니라 오른쪽 어깨였다.

강태산은 천천히 사내에게 다가갔다.

사내는 고통으로 인해 이를 악물고 있었는데, 다가오는 강태산을 향해 적의로 가득 찬 시선을 보내왔다.

"어디 있나?"

"뭘… 말이냐?"

"아래층에 아무도 없더군. 보나 마나 이곳도 마찬가지겠지. 그렇다면 내가 올 걸 미리 알고 기다렸다는 뜻 아니겠어?"

"흐흐흐……."

"미리 대비를 했고 너를 남겼다면 나에게 말하고 싶은 게 있었을 텐데?"

"네가 헬파이어인가?"

"너희들을 찾아올 사람은 나밖에 없다. 그러니까 의심하지 말고 말해. 자, 어디에 있나?"

"가면 죽을 텐데 그래도 갈 테냐?"

"네가 별걸 다 걱정하는구나."

"좋다, 그렇다면 말해주지. 사부야 외곽에 보면 메이지 신궁이 나온다. 그곳에서 정남향으로 10㎞ 정도 가면 휴오산 속에 거대한 주택이 있다. 찾기는 쉬울 거다. 거기에 집이라고는 딱 한 채밖에 없으니까."

"준비를 많이 한 모양이지?"

"톰슨 지부장이 하는 짓을 보고 웃었어. 한국 지부가 당한 것을 보고 잔뜩 경계하는 모습이 바보 같았거든. 그래서 내가 남겠다고 했다. 정말로 그런 일이 벌어질까 궁금했단 말이지."

"그런데?"

"톰슨은 일본에 있는 모든 요원들을 그곳으로 집결시켰다. 가봐. 네가 말한 대로 준비를 많이 해놨을 거야."

"기대되는군."

"아쉬워. 현장에서 직접 내 눈으로 봐야 했는데… 괜한 객기로 이곳에 남아 전설의 헬파이어가 벌이는 짓을 보지 못하는 게 천추의 한이다."

"먼저 가 있어라. 그러면 곧 네 동료들이 찾아가서 상세하게 말해줄 테니까."

강태산은 사내가 가르쳐 준 대로 사부야 외곽에 있는 메이지 신궁을 찾았다.

메이지 신궁은 일본 근대화를 주도했던 무쓰히토 왕 부부를 추모하기 위해 만들어진 신사로서 1920년에 세워졌다가 제이차세계대전 때 소실된 후 1958년에 재건되었다.

워낙 유명한 신사였으니 찾는 것은 어렵지 않았다.

문제는 휴오산의 위치를 모른다는 것이었다.

일본에 대해서 상당한 지식을 가지고 있었으나 휴오산은 처음 들어본다.

강태산은 잠시 메이지 신궁을 바라본 후 남쪽으로 몸을 날렸다.

난관에 부딪쳤을 때 이리저리 궁리하고 고민하는 것을 싫어한다.

직접 부딪치고 돌파하는 것이 가장 효율적인 방법이라는 것을 죽음 속에서 살았던 무렵에서 배웠다.

얼마나 달렸을까.

거짓말처럼 나타난 산허리의 저택.

산은 산이라 부르기도 어색할 만큼 규모가 작았지만 어둠 속에 빛나는 거대한 저택은 마치 성을 연상시킬 정도로 규모가 컸다.

강태산은 잠시 동안 서서 저택이 들어서 있는 산의 지형을 살폈다.

묘하다. 그리고 차갑다.

저택까지 펼쳐져 있는 개활지는 그가 서 있는 곳에서 최단거리로 500m가 넘었다.

문제는 그 개활지가 무덤처럼 느껴진다는 것이었다.

태을경공을 이용해서 산을 한 바퀴 돌았다.

똑같은 지형.

어디든 개활지는 정확하게 500m 범위로 펼쳐져 있었다.

인위적인 냄새가 너무나 지독했다.

분명 이 개활지는 누군가가 정확한 폭으로 만들어 놓은 것이 틀림없었다.

모든 지형을 파악한 강태산의 입에서 비릿한 웃음이 새어 나왔다.

CRSF의 특수요원으로 벌써 12년째 활동하면서 최첨단 무기들에 대해서는 누구보다 잘 안다.

만약 자신이 저곳을 방어하는 책임자였다면 분명 KM—12계열의 원거리 신관작동 지뢰를 묻어놓았을 것이다.

개활지가 어둠 속에 잠겨 있는 것은 트릭이다.

분명 놈들은 저 거대한 저택에서 적외선센서를 이용해 침입자의 일거수일투족을 감시하고 있을게 분명했다.

접근하는 순간 곳곳에 매설되어 있는 강력한 위력의 살포식 소음 지뢰가 연달아 폭발하고 뒤이어 저격수들의 총격이 시작될 것이다.

크크크……

일반 히트맨이거나 특수전 공격대원들이라면 전멸을 면치 못할 정도로 완벽한 함정이지만, 너희들은 상대를 잘못 골랐다.

오늘, 너희들에게 진정한 지옥의 끝을 보여주마.

제6장
레드코드 원II

톰슨은 본부와의 연락이 끊겼다는 보고를 받자 즉시 대원들을 정해진 위치로 이동시켰다.

한국의 유령들이 오늘 정체를 드러낸다.

최근 10여 년 동안 정보 세계에서는 한국의 위상이 꾸준하게 올라가고 있었다.

스파이의 세계에서는 작전 성공률이 그 집단의 존재 가치를 평가하는 기준인데, 한국은 지구 곳곳에서 벌어진 사건들에 개입하면서 놀라울 정도의 성공률을 보여주었다.

국정원.

한국의 정보를 담당하는 기관이자 정권의 개라고 불리던 집단.

예전의 국정원은 세계에 존재하는 정보기관 중 최하위에 머물며 거론 가치조차 없을 정도로 형편없는 능력을 가지고 있었다.

그러나 최근에 보여준 국정원의 면모는 날이 갈수록 예리해졌고 광범위한 작전 능력을 구사해서 정보 세계를 놀라게 만들었다.

그랬기에 근래 벌어진 대규모 사건의 중심이 국정원이라 판단했다.

처음에 벌어졌던 IS 격멸 작전을 한국은 특전사의 짓이라 발표했지만 다른 사건이 계속 벌어지면서 CIA는 한국의 발표를 믿지 않았다.

뒤늦게 중국 최대의 전자 회사 D&S그룹의 기술 연구소가 폭파된 것이 산업스파이와 연관되었다는 것을 알았을 때부터 그런 의심은 커져갔다.

한국의 특전사중 707특임대가 있다는 걸 알지만 그들의 능력으로는 절대 아무런 증거조차 남기지 않고 D&S그룹의 기술 연구소를 박살 낼 수 없기 때문이었다.

그것은 북한 쿠데타를 저지한 세력이 별도로 있었다는 정보가 입수되면서 확신으로 변했고, 박무현과 신기혁을 처치하기 위해 파견했던 미국과 중국, 일본의 초특급 암살자들이 한꺼번에 살해되면서 확신은 기정사실화로 한 번 더 변하였다.

정체불명의 그룹.

지금까지 그들이 벌였던 불가능한 사건들의 정점은 일본에서 벌어진 일이었다.

무려 2개 사단 규모가 지키던 120기의 JK—21을 단 여섯 명으로 박살 내 버린 무시무시한 전투력은 비정규전 역사상 단연 최강이었다.

하지만 CIA 본부를 경악하게 만든 것은 5개의 원전을 동시에 폭파해 버린 결단력과 신속함이었다.

더군다나 일본 내각의 상당수를 살해해 버린 그 과감성은 지금까지 어떤 히트맨도 해내지 못했던 전설적인 일이었다.

한국의 역사와 문화는 절대 그런 단호함과 거리가 멀었기에 더욱 기가 막힌 일이었다.

뒤늦게 국정원의 짓이 아니라는 걸 알았을 때의 그 전율은 지금도 잊히지가 않는다.

과연 그들의 정체는 무엇이란 말인가.

청와대를 감청한 후 청룡이란 자의 존재가 밝혀졌을 때 CIA 본부에서는 세계에서 벌어진 사건들을 총합해서 그가 헬파이어일 가능성을 타진하기 시작했다.

헬파이어는 10년 전부터 스파이 세계에서 은밀하게 회자되는 암호명이었는데 존재 여부가 확인되지 않았기에 소문으로 만 치부되던 자였다.

만약 헬파이어가 일련의 사건에 개입되었다면 나머지 자들 은 누구일까?

그것은 청와대에서 박무현 대통령과 지금은 죽어버린 정 의 장이란 자의 대화에서 유추해석이 가능했다.

또한, 일본에서 벌어진 사건들과 북한 쿠데타 진압 과정에 서 나타난 결과에서도 추측할 수 있었다.

청룡이란 자가 이끄는 부대가 분명했다.

놈들은 청룡이란 자를 중심으로 거대한 사건을 벌일 때마 다 동시에 움직인 것이 틀림없었다.

톰슨은 적외선이 펼쳐져 있는 개활지를 보면서 침묵에 빠져 들었다.

개활지는 어둠 속에 잠겨 있었지만 모니터에 보이는 개활지 는 대낮처럼 밝았다.

과연 몇 놈이나 올까?

본부에 남겨둔 두 놈에게서 연락이 끊겼다는 것은 그자들 이 본부를 습격했다는 것을 의미했다.

불안으로 물들었던 예측이 맞아 떨어지자 묘한 흥분이 몰 려왔다.

휴오산에 지어진 이 저택은 일본에 만들어진 CIA의 화이트

하우스였다.

비상사태를 대비하기 위해 막대한 자금과 노력을 들여 구축한 화이트하우스는 천혜의 요새였고 난공불락의 성이었다.

개활지에 설치된 무스탕―5 살포형 소음 지뢰의 살상반경은 개당 10m가 넘을 정도로 위력적이었다.

그런 무스탕―5가 2,000개나 개활지에 깔려 있었다.

원거리 무선으로 신관이 작동되는 무스탕―5는 침입자의 위치에 따라 종횡 배열의 폭파가 가능했고 한 구역을 통째로 날릴 수도 있다.

더군다나 본부와 교신이 끊긴 걸 감안해서 개활지의 반에 해당하는 지뢰를 자동 폭파로 변경시켰기 때문에 침입자의 은밀한 접근은 근본적으로 불가능했다.

그것뿐이 아니었다.

절대 그럴 리는 없겠지만 침입자들이 지뢰망을 뚫고 저택으로 접근한 경우를 대비해서 저택 주변에 100여 개의 크레모아가 별도로 설치되어 있었다.

개당 300개의 쇠구슬이 박혀 있는 크레모아는 구사일생으로 살아남은 자들의 명줄을 끊어버리기에 충분하고도 남았다.

현재 화이트하우스에 집결한 요원들의 숫자는 정확하게 그를 포함해서 100명이었다.

그중 반은 지옥의 아카데미라 불리는 CIA 정보 과정을 수료한 특수요원이었고 나머지 반은 최고의 사격 능력을 지닌 히트맨들로 구성되어 있었다.

그들은 저택 지하에 마련된 저격 홀과 옥상, 그리고 20㎝콘크리트 벽의 뒤에서 침입자를 사냥하기 위해 대기하고 있는 중이었다.

톰슨은 담배를 꺼내 물고 불을 붙였다.

그자들이 대단한 능력을 지녔다는 건 인정한다.

불가능한 짓을 여러 번 성공시켰고 스파이 세계에서 전설로 통할 만큼 강하다는 것도 부인하지 않는다.

하지만 이번에는 다르다.

놈들은 이곳에 오는 순간 다시는 눈을 뜨고 세상을 활보하지 못할 것이다.

톰슨의 눈에 들어온 모니터가 미친 듯이 껌벅거리기 시작한 것은 그로부터 1시간이 지났을 때였다.

개활지를 비추고 있는 모니터가 번쩍이는 섬광으로 인해 미친 듯이 일렁이고 있었다.

"뭐야!"

"보스, 침입자가 있는 것 같습니다."

톰슨의 외침에 허크가 급하게 대답을 해왔다.

허크의 시선 역시 모니터를 향하고 있었는데 믿겨지지 않는 듯 두 눈이 찢어질 것처럼 부릅떠진 상태였다.

"자동 신관 지뢰가 연쇄적으로 터지고 있습니다. 적외선으로 연결된 신관 작동선을 건드린 게 분명합니다."

"허크, 네 눈에는 침입자가 보이냐?"

"안 보입니다."

"그런데 무슨 헛소리야?"

"보십시오. 지뢰가 터지는 중심이 일직선으로 움직이잖습니까!"

허크가 말한 대로 지뢰는 저택과 이어지는 최단거리로 방향을 잡은 채 연속 폭발되는 중이었다.

누군가가 접근하지 않는다면 절대 일어날 수 없는 일이다.

눈에 보이지 않는 유령의 접근.

톰슨은 허크의 손가락이 가리키는 선을 따라 눈을 움직이며 몸을 움츠렸다.

자신도 모르게 소름이 끼쳤던 것이다.

그러나 톰슨은 즉각 정신을 차린 후 허크를 향해 단호하게 지시를 내렸다.

"자동 신관 지뢰로는 못 막는다. 진행 방향에 설치된 지뢰들을 지금 당장 터뜨려. 빨리!"

"알겠습니다."

강태산은 태을경공을 이용해서 벌판을 가로지르기 시작했다.

지뢰의 감도는 그의 신형을 따라잡지 못했다.

태을경공을 극성으로 끌어올려 날아가는 그의 신형은 그야말로 눈 깜짝할 사이에 10m씩 쭉쭉 뻗어나갔다.

적외선 센서가 가동되며 뒤늦게 지뢰가 터지기 시작했으나 강태산의 신형은 이미 폭발 범위를 한참이나 빠져나간 후였다.

뒤에서 터지는 지뢰의 폭발음을 들으며 강태산은 200m정도 진행하다가 급격하게 방향을 틀었다.

철저하게 준비한 채 기다리는 자들에게 고스란히 몸을 드러낸다는 건 어리석은 짓이다.

강태산은 45도 각도로 방향을 튼 후 전력을 다해 횡으로 움직였다.

예상된 범위의 한계를 벗어난다면 위험은 현격하게 줄어들 것이다.

달리면서 힐끗 시선을 돌리자 그가 진행하던 쪽의 전면이 초토화되고 있었다.

예상대로 놈들은 무선 유도 장치를 이용해서 접근로 전방에 있는 대량의 지뢰를 폭파시키는 중이었다.

강태산은 나머지 개활지를 단숨에 뛰어넘은 후 지체 없이 산을 타고 저택의 뒤쪽으로 올라갔다.

그런 후 잠시 몸을 멈춰선 채 저택의 구조를 살폈다.

멀리서 봤을 때는 건물 전체에 설치되어 있는 LED 등으로 인해 화려하게 보였는데, 막상 접근해서 살펴보니 마치 성곽으로 둘러싸인 요새를 보는 것 같았다.

저택의 외곽은 담장과 건물이 일체화된 특수 구조로 설계되어 있었는데, 그 높이가 족히 5m는 넘었다.

더군다나 외관은 매끄러운 대리석으로 치장되어 짚고 올라갈 틈조차 없어 오르기가 무척 난해한 구조였다.

대리석으로 치장된 벽에는 구멍이 뚫려 그 사이로 저격 총들이 간격을 두고 정연하게 삐져나와 있었다.

참으로 지독한 방어선의 구축이다.

상단부를 구성한 이층도 마찬가지였다.

이층 건물의 벽은 한눈에 봐도 견고해 보이는 콘크리트로 만들어졌는데 그 뒤로 어두운 그림자들이 눈을 내밀고 있는 게 보였다.

강태산은 혀를 꺼내 입술을 축인 후 어깨를 비틀었다.

완벽에 가까울 만큼 지독한 방어선을 구축하고 있었으나 그의 눈에는 허점 투성이였다.

1층과 2층 방어선의 완벽함 때문인지 옥상에는 십여 명의 사내들만 포진한 채 불타오르는 개활지를 바라보고 있었다.

강태산이 몸을 날리는 순간 뒤쪽에서 섬광이 터졌다.

섬광은 저택을 중심으로 모든 방향에서 한꺼번에 터졌고 순식간에 어둠을 뚫어버릴 정도로 강력한 빛을 폭발시켰다.

다시 한 번 강태산의 얼굴에서 웃음이 피어올랐다.

놈들은 지뢰로 자신을 잡지 못했다는 걸 알고 비장의 무기로 숨겨두었던 크레모아를 뒤늦게 폭발시킨 모양이었다.

저격 홀의 사각지대로 돌아 대리석을 찍고 공중으로 치솟은 강태산은 곧바로 재도약하며 옥상으로 날아들었다.

섬전.

눈에 보이지 않았으니 섬전이라 표현해도 충분할 만큼 빨랐다.

강태산은 옥상으로 신형을 떨어뜨리면서 자동소총을 거치한 채 총구를 겨냥하고 있던 사내들을 향해 곧바로 총을 갈겼다.

슈욱… 슉… 슉… 슈욱.

일격일사.

타이어 바람이 빠지는 소리와 함께 사내들이 연이어 몸을 뒤집으며 쓰러졌다.

뒤늦게 동료가 쓰러지는 걸 확인한 자들이 총구를 옮기며 방아쇠를 당겼으나 강태산의 신형은 이미 그들의 시야에서 사라진 후였다.

죽이고자 하는 결의는 행동에 실패했을 때 급격한 두려움을 갖게 만든다.

살아남았던 네 명의 사내들은 자신들의 총구가 빈 공간을 향해 총탄을 퍼부었다는 걸 느낀 순간 급격하게 위축되었다.

오랜 시간을 전장에서 살아온 자들의 본능.

적을 잡지 못했으니 죽는 것은 어쩌면 당연한 일일지 모른다.

강태산의 사격술은 그야말로 귀신처럼 정확했다.

엄청난 빠르기로 이동하면서 쐈는데도 대부분의 사내들은 머리에 관통상을 입고 즉사했기 때문에 두 번의 총질이 필요 없었다.

강태산은 옥상을 장악한 후 사내들이 가지고 있던 자동소총 하나를 집어 들었다.

그런 후 유일한 통로인 왼쪽 문을 열고 저택 안으로 진입했다.

거침없는 질주.

외곽의 방어선은 더없이 강력했으나 내부가 뚫려 버리자 허무하게 무너져 내리기 시작했다.

근본적으로 모든 병력을 개활지에서 들어오는 침입자를 막기 위해 집중시켰기 때문에 강태산이 옥상을 통해 빠르게 내려오며 공격을 하자 뒤를 얻어맞은 CIA 요원들은 무참하게 목숨을 잃었다.

두두두두… 두두둥.

자동으로 총탄을 갈기며 전진하는 강태산의 몸은 벽과 천장을 구분하지 않고 날아다녔다.

더군다나 육안으로 확인할 수 없었기 때문에 CIA 요원들은 제대로 총조차 쏘지 못하고 쓰러져갔다.

옥상에서 내려와 30여 명이 지키던 2층을 장악하는 데까지 걸린 시간은 불과 5분밖에 걸리지 않았다.

강태산은 전진하면서 적들의 수중에 있던 자동소총과 탄창을 장착했다.

2층에서 무자비한 도륙을 끝낸 강태산은 시체들 사이에서 다섯 개의 수류탄을 꺼내 몸에 지닌 채 1층을 향해 움직였다.

옥상과 2층에서 피바람이 불었으니 1층에 있던 자들은 외곽 방어를 포기하고 자신을 기다릴 것이다.

2층에서 1층으로 내려가는 방법은 동쪽과 서쪽에 나 있는 계단을 통하는 두 가지뿐이었다.

강태산은 그중 동쪽 계단을 향해 접근한 후 수류탄을 꺼내 안전핀을 뽑았다.

드르르륵… 콰앙!

수류탄이 터지는 것과 동시에 강태산의 몸이 꺼지듯이 1층을 향해 떨어져 내렸다.

그냥 떨어진 것이 아니다.

직각으로 떨어진 그의 몸은 순식간에 왼쪽 기둥 뒤로 돌며 1층을 스캔한 후 적들이 집중되어 있는 곳을 향해 4개의 수류탄을 뿌렸다.

쾅, 쾅, 쾅, 쾅!

날벼락이다.

강태산이 던진 수류탄은 적들의 엄폐망을 단숨에 괴멸시키며 숨겨 놓았던 적들의 몸통을 노출시켰다.

기둥 뒤에서 빠져나온 강태산의 신형이 번뜩이며 날아다녔다.

자동소총에서 뿜어지는 총알은 마치 원격조종되는 미사일처럼 정확하게 적들의 몸통을 찢어버렸다.

지옥이 따로 없다.

강태산의 총구가 움직이는 곳마다 피 분수가 솟구치며 시신들이 쌓여갔다.

유령과 싸우는 CIA 요원들은 미친 듯이 사방을 향해 총알을 갈겨댔지만 그냥 죽고 싶지 않다는 몸부림에 불과했다.

얼마의 시간이 지났을까.

총소리가 멈추고 정적이 찾아왔다.

1층에 있던 거대한 거실과 6개의 룸은 온통 사내들의 시신으로 가득 찼다.

화약 냄새에 섞여 있는 비릿한 혈향.

강태산은 서늘한 시선으로 천천히 걷다가 발밑에 떨어진 자동소총을 주웠다.

그런 후 아직까지 닫혀 있던 중앙 통로 첫 번째 방을 향해 탄창이 빌 때까지 갈겼다.

목재로 만들어진 문이 벌집으로 변한 걸 확인한 강태산은 탄창을 갈아 끼운 후 천천히 방문을 걷어찼다.

하지만 몸을 뒤로 뺀 후 방 안으로 들어서지 않았다.

예상했던 대로 방에서는 빗발치듯 총알이 쏟아져 나오고 있었다.

쯧쯧쯧…….

혀를 찬 강태산은 시신에서 탄창을 뺄 때 같이 습득한 수류탄을 방 안으로 던졌다.

강력한 폭발음과 함께 방 안에서 총소리가 멈추며 비명 소리가 새어 나왔다.

서두르지 않고 천천히 걸어 방 안으로 들어간 강태산은 전면을 가득 채운 채 놓여 있는 모니터를 힐끔 쳐다본 후 비명 소리가 흘러나오는 곳을 향해 시선을 돌렸다.

그의 시선이 다가간 곳에는 일본 지부장 톰슨이 온몸이 찢긴 채 짐승처럼 신음을 흘러내고 있었다.

"아직 살아 있어서 다행이구나. 톰슨. 한 가지만 묻자."

"으… 살려줘……."

"부하들은 다 죽었는데 살고 싶어 하다니 예상외로군."

"살려다오… 살려만 주면 뭐든지 네가 시키는 대로 하겠다."

"극동 담당관 앤드류는 어디에 있지?"

"살려줄 테냐?"

"네가 하는 대답을 들어보고."

"그는 홍콩에 있다. 그러니 제발……."

"홍콩 어디?"

"센트럴 파이어 스테이션 옆에 있는 뮤레이빌딩에 그의 비밀 집무실이 있다."

"그렇군."

"살려… 줘… 제발……."

입에서 피를 흘리며 거친 숨소리와 함께 톰슨이 애원했다.

온몸이 찢긴 그의 몸은 금방 죽어도 이상하지 않을 만큼 엉망이었다.

그러나 그를 바라보는 강태산의 눈을 싸늘하게 가라 앉아 있었다.

"나는 야차다. 하늘을 날아다니는 악마. 악마에게 동정을 바라다니 어리석다고 생각하지 않나. 쪽팔리게 굴지 말고 당당하게 죽어라. 조금만 기다리면 앤드류를 보내줄 테니 먼저 간 캘빈하고 셋이 지옥에서 고스톱이나 쳐라!"

＊　　　＊　　　＊

CIA 국장 도널드는 모니터에 뜬 상황도를 바라보며 이를 악물었다.

벌써 당한 곳이 6군데가 넘었다.

한국에서 시작된 놈들의 테러는 일본으로 번졌고 곧이어 유럽과 남미, 중동을 강타하고 있었다.

가장 피해를 크게 본 곳은 단연 한국과 일본이었다.

나머지 지역은 공격을 해온 놈들에 맞서 치열하게 싸우고 있었으나 한국과 일본은 아예 전멸을 면치 못했다.

그렇다고 다른 지역이 유리한 것도 아니었다.

유럽에서 제일 먼저 공격을 당한 프랑스 지부는 30명 중 20여 명이 사망했고 중동의 이라크와 남미의 칠레도 비슷한 상황을 연출하고 있었다.

공격을 해온 놈들의 정체는 정확하게 노출되지 않았으나 짐작만으로도 충분히 알 수 있었다.

한국의 짓이다. 그것도 최근에 비밀 작전을 펼쳐 세계의 이목을 한 몸에 받았던 자들이 움직인 게 분명했다.

도널드는 시가를 깊게 빨아들인 후 연기를 하늘로 뿜어냈다.

일은 이미 벌어졌으나 생각할수록 기가 막혀 말이 나오지 않는다.

물론 원인을 제공한 것은 CIA였지만, 그렇다고 이런 미친 짓을 한국이 벌일 거라고는 꿈에서조차 생각해 본 적이 없었다.

그의 앞에는 난다 긴다 하는 CIA의 핵심 멤버들이 모두 자리를 함께하고 있었다.

하지만, 멤버들은 침묵을 지킨 채 누구도 입을 열지 못했다.

그들 역시 현재 벌어지고 있는 상황이 믿기지 않는 모양이었다.

"피해는?"

"5일 동안 210명이 사망했습니다. 그 인원은 한국이 제외된 수치입니다."

"일본에서 100명이 죽었으니 나머지 지역에서 110명이 더 죽었단 말이군."

"그렇습니다."

"개새끼들……."

"이건 전쟁입니다. 놈들은 CIA를 완전히 파괴하려고 작정한 모양입니다."

"놈들의 정체는 여전히 오리무중이오?"

도널드의 질문에 작전부국장 햄튼의 얼굴이 일그러졌다.

국장은 쉽게 질문하고 있으나 놈들을 추적하는 그의 입장에서는 미치고 펄쩍 뛸 노릇이었다.

"최근에 움직인 자들에 대해서 전수조사를 하고 있으나 너무 범위가 큽니다. 지금도 한국 놈들은 하루에 5만 명씩 세계로 튀어나가고 있습니다. 범위를 압축시켜서 최대한 추적하고 있지만 아무래도 시간이 걸려야 할 것 같습니다."

"그러니까 얼마나 걸린단 말이오?"

"앞으로 최소 일주일은 더 필요합니다."

줄여서 말했다.

실제로는 그보다 훨씬 더 시간이 필요함에도 햄튼이 기간을 단축시켜 보고한 것은 국장이 원하는 대답을 정확히 알기 때문이다.

그러나 도널드는 그것도 마음에 들지 않은 것 같았다.

"크크크, 일주일이라… 일주일이면 우리 요원들 다 죽어 나자빠지게 될 거요. 우린 기다릴 시간이 없어."

"국장님, 어쩌실 생각이십니까?"

"어차피 지금 벌이는 짓은 한국 측 소행이오. 벌레 같은 놈들이 감히 위대한 미합중국에 도전했으니 그에 상응하는 대가를 치러줘야 되지 않겠소?"

"설마……."

"한국 국정원 요원들의 위치는 모두 파악되어 있겠지?"

"그들의 행적은 예전부터 계속 추적해 왔기 때문에 대부분 우리 손아귀에 있습니다."

"지금부터 우리는 바퀴벌레 청소 작전을 시작합니다. 전 세계에 나가 있는 한국 국정원 요원들을 모두 사살하시오. 어디 누가 이기나 끝장을 봅시다."

네덜란드, 암스테르담.

김준영은 본국에서 날아온 비밀 전문을 확인한 후 즉시 전화를 들었다.

비밀 전문에는 암살자들이 요원들을 노린다는 소식과 함께 최상의 경계망을 유지하라는 지시가 담겨져 있었다.

네덜란드에는 5명의 국정원 요원이 파견 나가 있었다.

팀장을 맡고 있는 김준영은 대사관의 행정관으로 신분 세탁을 한 상태였고, 최치원은 그 밑에서 행정원으로 근무하는 중이었다.

나머지 세 명 중 둘은 평범한 주택가에 집을 얻어 정보활동을 했고 한 명은 네덜란드 국적을 취득한 교포로 중심가에 상가를 열어 위장 장사를 했다.

띠리리링…….

계속해서 전화를 걸었으나 요원들은 전화를 받지 않았다.

휴대폰이 안 되었기 때문에 상가와 집 전화로도 해봤지만 여전히 통화가 되지 않았다.

한꺼번에 몰려드는 불안감.

지금까지 이렇게 요원들과 통화가 되지 않은 적은 한 번도 없었다.

외투를 챙긴 김준영이 긴장된 눈으로 자신을 바라보는 최치원을 향해 이를 드러냈다.

1급 경계령은 그가 파견 나온 3년 동안 한 번도 걸리지 않았다.

아니다, 네덜란드뿐만 아니라 국정원에 입사한 이래 전무했다.

"치원아, 무기 챙겨!"

"팀장님 무슨 일입니까?"

"아무래도 불길해. 요원들이 당한 것 같다."

"정말, 누군가가 우릴 공격한단 말입니까. 지금 같은 시기에 공격이라니요?"

"나도 자세한 것은 모른다. 일단 가서 확인해 봐야 무슨 일이 벌어지고 있는 건지 알 수 있겠다. 그러니까 빨리 출발 준비나 해."

"알겠습니다."

최치원이 빠르게 책상을 정리하더니 책상에서 권총을 꺼내

가슴에 넣은 후 문을 열고 사무실을 빠져나갔다.

그 모습을 보면서 김준영도 책상으로 다가가 마지막 서랍을 열은 후 베레타 102가 담긴 가죽벨트를 꺼냈다.

베레타 102는 12발의 총알이 든 탄창을 사용했는데 적중률이 높고 글록 이상으로 가볍게 제작되어 최근에 가장 많이 애용되는 권총이었다.

가죽벨트를 가슴에 찬 김준영은 한숨을 길게 내리쉬었다.

비밀 전문의 마지막에 담긴 내용은 그를 압박하기에 충분한 것이었다.

CIA.

본국은 국정원 요원들을 공격하는 것이 CIA로 추정되니 최대한 몸을 숨기고 대응하지 말라는 지시를 했다.

CIA가 국정원을 공격하다니…….

의문이 머릿속을 가득 채웠으나 지체할 시간이 없었다.

빠르게 뛰어나가 최치원의 승용차에 올라 요원들이 머물고 있는 주택으로 향했다.

어스름한 불빛.

주택가를 밝히는 가로등이 을씨년스럽게 보였다.

차문을 박차고 김준영이 뛰어내리자 운전석에서 내린 최치원이 총을 꺼내들고 그 뒤를 따랐다.

몸을 낮춘 채 접근한 김준영은 초인종을 누르는 대신 어둠에 빠져 있는 주택의 뒤로 돌았다.

잠시 일선에서 물러나 꿈의 도시 암스테르담의 하늘을 이고 편안한 생활을 했지만 그는 과거 아라크와 이란을 오가며 치열하게 정보활동을 하던 국정원의 에이스였다.

주택의 뒤로 돌아 창문을 통해 안을 바라보자 어스름한 달빛에 실내의 모습이 희미하게 들어왔다.

그러나 요원들의 모습은 어디에서도 찾을 수가 없었다.

천천히 창문을 손으로 붙잡고 최대한 은밀하게 천천히 잡아당겼다.

최치원은 그의 수신호를 확인하고 이미 정문으로 다가가 진입을 준비하고 있었다.

창문이 열리자 김준영은 먼저 시야를 확보했다.

들어가는 순간 공격을 당한다면 치명적인 타격을 받을 수 있기 때문이다.

최대한 은밀하고 느린 속도로 창문을 타고 넘어갔다.

다행스럽게 그가 창문을 넘을 때까지 실내에서는 아무런 움직임도 발생되지 않았다.

총격이 시작된 것은 그가 거실로 들어와 총을 빼들고 방 쪽으로 움직일 때였다.

슈욱… 슉… 슉슉.

먼저 정문 쪽에서 가죽 북 터지는 소리가 들렸고 그에게도 연이어 총알이 날아왔다.

급습을 받아 왼쪽 어깨를 관통당한 김준영이 바닥을 굴러 소파 뒤쪽으로 몸을 숨겼다가 총알이 날아온 오른쪽 방 쪽을 향해 방아쇠를 당겼다.

하지만 적은 한 명이 아니었다.

그가 사선을 확보하기 위해 소파를 밀며 전진할 때 이번에는 왼쪽에서 총알이 날아와 그의 다리를 연속으로 관통시켰다.

"윽!"

어깨에 한 방, 오른쪽 다리에 두 방.

급히 소파로 몸을 숨겼으나 총격을 당한 부위에서 엄청난 고통이 피어올랐다.

이런, 씨발.

전문가들이다. 놈들은 자신이 총격을 입고 소파를 엄폐물로 삼아 반격을 가하자 완벽하게 몸을 숨긴 채 기다렸다.

그런 후 노리쇠가 더 이상 후퇴하지 않자 몸을 드러내며 거침없이 다가왔다.

그냥 다가온 것이 아니라 그가 숨어 있던 소파를 향해 조준 사격을 했는데 두 놈이 쏜 총알은 정확하게 소파의 모서리 면을 파고들었다.

급하게 탄창을 바꾸기 위해 몸부림을 쳤으나 이미 놈들의 그림자는 소파를 타고 넘어 그의 몸을 벌집으로 만들기 시작했다.

젠장, 더럽게 아프다.

총알이 온몸을 파고드는 그 짧은 순간에 별별 생각이 다 들었다.

사랑하는 아내, 그리고 자신이 휴가를 받아 귀국할 때마다 미친 듯이 달려들던 아들과 딸의 모습이 선명하게 눈앞으로 다가왔다.

영호야, 수경아. 그리고 사랑하는 아내 미연아.

나는… 더 이상 너희들을 볼 수 없을 것 같구나… 미안하다.

*   *   *

미국도 국정원의 위치를 정확히 파악하고 있었지만 한국의 국정원과 CRSF도 그들에 못지않게 CIA의 아지트를 꿰뚫고 있었다.

그동안 수없이 공조 작전을 펼쳤고 은밀하게 그들의 행적을 조사해 왔기 때문에 CIA가 아무리 움츠러들어도 청룡의 눈을 피하기는 쉽지 않았다.

특히 중동은 더 심했다.

중동 지역에서 활동하는 미국인들의 숫자는 많지 않았기 때문에 기자와 상사맨들을 빼면 대부분 CIA에서 활동하는 놈들이라고 봐도 무방했다.

숫자로 봤을 때 CIA가 가장 왕성하게 활동하는 곳이 바로 이곳 중동이었다.

특히 시리아는 IS가 극렬히 준동하고 있어 많은 숫자의 CIA 요원들이 자리를 튼 곳이었다.

반면에 국정원 요원들의 숫자는 단둘에 불과했다.

중동이라는 분쟁 지역에 적극적으로 관여할 의지가 없었으니 국정원은 최소의 인원만 파견해서 정보를 수집하는 것이 전부였다.

예전 청룡대원들이 IS를 공격할 때 무기와 차량을 제공한 사람들이 바로 그들이었다.

서영찬은 다마스쿠스 중심가에 있는 리아드 호텔이 바라보이는 카페에 앉아 에딘이 나오기를 기다렸다.

이라크에 있는 놈들을 거의 해치우고 시리아로 넘어온 것이 이틀 전 일이었다.

그가 알고 있는 다마스쿠스의 CIA 아지트는 이미 텅 비어 있었는데 급히 떠난 흔적이 완연했다.

다마스쿠스의 인구는 150만에 달한다.

대한민국으로 봤을 때는 성남시와 비슷한 인구였으니 꽤나 큰 도시라고 볼 수 있었다.

하지만, 양코배기를 찾는 것은 그리 어려운 일이 아니다.

시리아란 나라가 가진 특수성으로 외국인의 숫자는 한정되어 있기 때문이었다.

"이 새끼, 꽤 오래 있네."

"도대체 저자가 누굽니까?"

"예전 시리아 내전 때 CIA 정보 담당 책임자였다. 현 정부는 놈들의 공작으로 들어섰지. 저놈들이 뒤에서 전부 주물럭거려서 꼭두각시 정부를 만들어낸 거야."

"저놈을 따라가면 놈들의 위치를 파악할 수 있겠군요."

"흐흐… 그래서 이틀 동안 다마스쿠스를 탈탈 뒤진 거 아니냐."

서영찬이 웃으며 설민호를 바라보았다.

불과 한국을 떠난 지 일주일밖에 지나지 않았는데 설민호의 얼굴은 새까맣게 변해 있었다.

재밌는 것은 차지연의 반응이었다.

"여기서 계속 기다릴 거예요?"

"그럼?"

"내가 들어가서 찾아보는 건 어때요? 들어간 김에 목욕도 하고."

"하여간, 너를 누가 말리냐."

서영찬이 눈꼬리를 치켜뜨는 차지연을 향해 고개를 흔들었다.

적을 공격할 때는 더없이 냉정했고 잔인하다가도 이럴 때만 되면 그녀는 여자이길 원하고 있었다.

엔디가 리아드 호텔에서 세 명의 사내와 함께 나온 것은 차지연이 추가로 시킨 커피가 나왔을 때였다.

어울리지 않는 롱코트.

열사의 땅에서 롱코트를 입었다는 건 뭔가 숨겨야 할 것이 있다는 뜻이다.

그걸 증명하듯 놈들의 코트 안에는 뭉툭한 물체들이 삐죽 튀어 나와 있었다.

"가자!"

"어머, 금방 커피 나왔는데… 어쩜 저렇게 타이밍을 못 맞출까."

"들고 가라. 가시면서 마셔."

"그럴까? 테이크아웃 되나 물어봐야겠다."

설민호가 큭큭거리며 이죽이자 차지연이 아무렇지도 않은 듯 중얼거렸다.

금방 총격전이 벌어질지 모르는 상황이었지만 두 사람의 대화에는 전혀 긴장감이 보이지 않았다.

놈들이 지프에 올라타는 걸 확인한 서영찬과 일행들이 곧바로 창을 통해 뛰어내렸다.

그들이 있었던 2층의 카페는 아래층까지 5m가 넘었지만 그들의 신형은 바람처럼 움직여 대기하고 있던 차로 뛰어들었다.

차량 추적의 기본은 보이지 않아야 된다는 것이다.

이미 놈들의 차량에 추적 장치를 달아놨기 때문에 서영찬은 여유 있게 운전하며 지프를 따라갔다.

얼마나 움직였을까.

지프가 서는 것을 확인한 서영찬의 오른쪽 발에 힘이 들어갔다.

탑차가 총알처럼 튀어나갔다.

액셀러레이터를 끝까지 밟았기 때문에 탑차의 엔진은 터질 것처럼 윙윙거렸다.

지프가 선 곳을 확인한 대원들이 차에서 내려 태을경공을 시전했다.

지프와의 거리는 300m.

탑차를 세운 서영찬과 대원들은 곧장 무기를 꺼내들고 놈들의 지프가 정차된 건물을 향해 돌진했다.

건물은 5층이었으나 낡았다.

회벽은 여기저기 깨졌고 창문에 설치된 유리는 온전한 게 드물었다.

건물입구를 통과해서 안으로 진입하자 맹렬한 총격 소리가 울리기 시작했다.

총격음은 자동소총과 권총에서 발사된 것들이 혼재되어 있었는데 양측이 팽팽하게 맞서서 싸우는 것이 분명했다.

총격음을 들은 서영찬이 뒤를 따르던 설민호와 차지연을 향해 손가락을 치켜들어 창문을 가리켰다.

그러자 설민호와 차지연이 반대 방향으로 튀어나가며 2m 높이의 창문을 그대로 뛰어넘었다.

서영찬은 그들이 창문으로 진입하는 것을 확인한 후 곧장 계단을 타고 위층으로 진입하며 총을 난사했다.

2층 초입에서 지키는 놈을 사살한 그는 그대로 뛰어올라 3층 난간에서 경계를 서고 있던 놈마저 해치웠다.

격렬한 총격은 마지막 층에서 벌어지고 있었다.

창문을 통해 진입했던 설민호와 차지연이 먼저 5층 복도의 양쪽에 들어서서 적들을 공격했는데 벌써 다섯이나 쓰러뜨린 상태였다.

서영찬은 뒤늦게 합류하면서 기둥에 숨어 설민호를 향해 총을 난사하는 두 놈을 해치운 후 곧장 엔디의 뒤통수를 향해 총을 겨누었다.

"엔디, 오랜만이다."

"으… 라이온."

"너도 참 오래 산다. 이곳이 좋은 모양이지?"

"라이온, 네가 헬파이어의 부대원이었단 말이냐?"

"그게 뭔데?"

"나를 놀리고 싶은 모양이구나."

"이 새끼가 도대체 알아듣지 못하는 소리를 하고 있네. 헬파이어가 먹는 거냐?"

"어쩐지, 처음 만났을 때부터 대단하다고 생각했다. 이제 죽여라. 어차피 우릴 죽이는 게 너희들 목적이잖아."

"잠깐 기다려. 너희들이 무슨 짓을 했는지 확인해 보고."

서영찬이 신호를 보내자 차지연이 빠르게 문 앞으로 다가갔다.

그런 후 예쁜 목소리로 방 안을 향해 말을 걸었다.

"똑똑, 계세요?"

"헉, 헉… 당신들은 누굽니까?"

"국정원 요원들이시죠? 그럼 우린 누굴까요?"

*　　　*　　　*

강태산은 일본에서 빠져나와 홍콩행 비행기를 탔다.

저녁 늦게 일을 벌였고 미리 비행기 표를 예매하지 않았기 때문에 홍콩으로 출발한 것은 그다음 날이었다.

강태산이 메이지 신궁을 경유해서 빠져나올 때 일본 경찰과 군 병력이 미친 듯 휴오산을 향해 달려가는 것이 보였다.

계속되는 대규모 폭발음을 감지하고 급히 출동한 게 분명했다.

그럼에도 일본 언론은 휴오산 사건에 대해 아무런 언급조차 하지 않았다.

언론이 침묵을 지킨다는 건 죽은 자들이 CIA 요원이란 걸 확인하고 일본 정부에서 언론 통제에 들어갔다는 뜻이다.

하긴 일본만 그런 것이 아니었다.

며칠 전 사건이 생겼던 대한민국은 물론이고 프랑스를 비롯해서 다른 나라들도 현재 벌어지고 있는 그림자전쟁에 대해서 침묵으로 일관하는 중이었다.

세계 최강국가인 미국의 CIA가 관여된 전쟁.

그것도 수십 명씩 죽어 나자빠지는 피의 현장을 국민들에게 고스란히 노출시킨다는 건 스스로 무능한 정부라는 걸 고백하는 것이나 다름없는 짓이다.

하지만, 그 와중에도 각국의 정보 부서는 전력을 다해 사태를 파악하느라 분주하게 움직였다.

유럽은 물론이고 남미와 중동, 그리고 아시아에서 벌어지고 있는 전무후무한 사건의 연속. 세계 역사상 유례가 없었던 대규모 스파이 전쟁은 각국을 긴장 속으로 몰아넣기에 충분했다.

강태산은 홍콩으로 가는 재팬항공 보잉767에 몸을 실었다.

일본에서 홍콩까지는 비행기로도 5시간이 훌쩍 넘는다.

그의 얼굴은 어느새 청룡의 모습으로 변화되어 있었는데 비지니스석에 앉아 책을 읽는 모습이 세련된 사업가로 보일정도로 핸섬했다.

비지니스석 서빙을 맡은 미호가 강태산을 향해 주기적으로 다가온 것은 그의 모습에서 환상을 봤기 때문이었다.

그녀의 이상형.

안경까지 받쳐 쓴 채 책을 읽고 있는 남자의 모습은 너무나 이지적이었고 젠틀해서 자신도 모르게 심장이 두근거렸다.

음료수 서빙을 끝내고 돌아온 미호가 뒤늦게 심호흡을 하면서 가슴을 문지르자 캐리어를 끌고 들어 온 나츠미가 그 모습을 보며 눈을 흘겼다.

"그렇게 좋니?"

"응."

"말은 붙여 봤어?"

"그럼, 당연하지."

"무슨 말을 했는데?"

"뭐 드실 거냐고 물었지. 커피 마신다고 해서 맛있게 타줬다."

"에라이… 등신아."

나츠미가 미호의 어깨를 찰싹 두들겼다.

그녀는 비지니스석에서 오랫동안 같이 일했고 나이도 같았기 때문에 미호와 친자매처럼 지내는 사이였다.

"그런데 정말 이해가 안 가. 처음 보는 사람한테 그렇게 빠질 수도 있는 거니?"

"너도 봤으면서 그래. 저 사람 완전히 내 이상형이야."

"어디가?"

"잘생긴 건 둘째 치고 분위기가 너무 좋아."

"말도 안 돼. 책 보면 분위기 좋은 거냐?"

"당연하지."

"좋다, 그건 그렇다 쳐. 그럼 이제 어쩔 건데. 이제 한 시간밖에 남지 않았어."

"말 붙여볼 거야."

"후회하지 말고 서둘러. 괜히 시간 끌다가 말도 못 붙인 채헤어지지 말고."

"알았어."

대답을 하는 미호의 얼굴이 발갛게 달아올랐다.

그녀의 말이 맞다. 이대로 그냥 헤어진다면 그녀는 한동안후회 속에서 시간을 보내게 될 것이다.

마음속으로 수많은 연습을 했다. 그에게 해야 할 말들에 대해서.

그런 후 어느 정도 준비가 되자 용기를 내어 그에게 다가갔다.

"손님, 홍콩에서 며칠 계실건가요?"

"글쎄요, 대충 3, 4일 정도 머물 것 같습니다. 왜 그러시죠?"

"그렇다면 저하고 데이트 하시겠어요?"

"네?"

"손님은 제 이상형이세요. 데이트 신청을 하지 못하면 오래도록 후회할 것 같아서 용기를 냈어요. 그러니까 받아주세요."

"좋습니다. 그렇게 하죠. 대신 저는 해야 할 일이 있어요. 번호를 주시면 일이 끝난 후 전화를 하겠습니다."

강태산은 홍콩에 도착한 후 곧장 뮤레이 빌딩으로 향했다.

이미 해는 져서 찬란한 홍콩의 야경이 환하게 불을 밝히기 시작하는 중이었다.

홍콩.

동양의 진주라 불릴 만큼 아름다운 섬.

서울의 1.5배 규모였고 홍콩 섬과 구룡 반도, 린타우 섬으로 구성되어 있었는데 아시아 금융의 중심지로서 국민소득이 6만 불에 달할 만큼 잘사는 곳이었다.

뮤레이 빌딩은 홍콩 섬의 중심가를 지나 센트럴 파이어 스테이션과 약 1㎞ 떨어진 곳에 위치한 23층의 고층건물이었다.

공항에서 뮤레이 빌딩까지 한 시간도 채 걸리지 않았다.

강태산은 담배를 문 채 건물을 바라보았다.

CIA 극동 담당관 앤드류의 비밀 사무실이 있다는 뮤레이 빌딩은 겉으로 보기에 더없이 평범했다.

담배 연기를 길게 뿜어낸 후 손가락을 까딱여 재를 털었다.

과연 저기에 앤드류가 있을까?

이미 그자는 한국과 일본은 물론이고 전 세계에서 동시다발적으로 벌어진 공격에 대하여 보고를 받았을 것이다.

죽기 직전 앤드류의 위치를 알려준 톰슨의 눈은 두려움에 가득 차 있었다.

그런 눈을 한 자는 거짓말을 하지 못하는 법이다.

그랬기에 강태산은 그의 말을 믿었다.

하지만, 정보를 믿는 것과 앤드류가 이곳에 있을 거란 사실에 대한 연관성은 확률 면에서 그리 높은 편이 아니었다.

어쩌면 앤드류는 홍콩 지부를 전부 때려잡은 후에야 소재가 파악될지도 모른다.

시간이 걸릴지 모른다는 게 마음에 걸렸지만 어쩔 수 없다.

싸움이란 건 서두른다고 마음대로 되는 것이 아니다.

비행기 스튜디어스의 데이트 제의를 받아들인 것은 그런 이유가 있었기 때문이다.

만약의 사태를 대비해서 보험을 들어놓는 것은 전쟁을 치르는 자의 기본이다.

담배를 끈 강태산의 다리가 천천히 움직였다.

어차피 있든 없든 자신은 뮤레이 빌딩으로 들어가 앤드류의 행방을 찾을 것이다.

강태산은 뮤레이 빌딩에 들어서자마자 경비원의 눈을 피해 왼쪽 통로로 방향을 잡고 빠르게 전진했다.

톰슨이 말한 앤드류의 비밀 집무실은 왼쪽 통로의 끝에 있는 계단을 통해 들어갈 수 있다고 들었다.

놈은 홍콩 지부와 별도로 떨어져 이곳에서 지시를 내리고 보고받는다 했으니 있을 확률은 적었지만 반드시 확인할 필요성이 있었다.

계단에 들어서면서 한월을 날려 CCTV를 박살 낸 강태산의 몸이 그대로 솟구쳤다.

거의 5m에 달하는 계단을 생략하고 곧바로 강철문을 향해 다가서며 손에 들었던 한월을 사선으로 빠르게 그어 내렸다.

그러자 견고하게 잠겨 있던 문이 아무런 소리조차 내지 못하고 길게 찢어졌다.

강태산은 서두르지 않았다.

다른 곳과 달리 이곳에는 살기가 느껴지지 않았다.

더군다나 문이 열렸음에도 아무런 반응이 없었기 때문에 서두를 이유도 없었다.

찢어진 문을 통해 안으로 천천히 들어갔다.

요상한 구조다.

이건 사무실이라기보다는 살림하는 집에 가까울 정도로 각종 집기와 장식이 화려했다.

천천히 걷던 강태산의 걸음이 멈추었다.

거실을 반쯤 건넜을 때 복도 끝 쪽 방에서 신음이 들려왔기 때문이었다.

여인의 흥분에 찬 비음.

한월을 어깨에 올린 채 강태산이 다가갈수록 여인의 신음은 점점 커져갔다.

잠시 걸음을 멈췄던 강태산이 문을 열자 후끈한 열기가 몰려 나왔다.

밑에 깔려 있는 건 금발의 20대 여인이었고 그녀를 찍어 누른 채 열심히 엉덩이를 놀리는 자는 40대 후반의 남자였다.

문을 열고 조용히 서서 남자의 얼굴을 확인한 강태산의 얼굴에서 어이없다는 웃음이 피어올랐다.

남자는 CIA 극동 담당관 앤드류가 분명했다.

"앤드류, 대충하고 끝내. 계속 구경하기에는 네 솜씨가 너무 형편없구나."

강태산이 말을 툭 던지자 침입자를 확인한 금발 여자가 비명을 질렀고, 뒤이어 앤드류가 벌떡 일어섰다.

그는 강태산의 수중에 무기가 보이지 않자 덜렁거리는 물건을 숨기지도 않은 채 이를 드러냈다.

"누구냐?"

"너를 잡으러 온 사람."

앤드류의 손이 빠르게 침대 사이를 파고들었다.

위기에 처했을 때를 대비해서 준비해 놓았던 콜드가 그의 손에 잡힌 것은 금발 여자가 자신의 가슴을 가리며 한쪽으로 피했을 때였다.

권총을 든 앤드류의 손이 강태산을 향해 빠르게 움직였다.

겨냥만 되면 그대로 탄창이 빌 때까지 방아쇠를 당기려는 몸짓이었다.

하지만 앤드류는 끝내 방아쇠를 당기지 못했다.

팔이 잘린 사람은 방아쇠를 당기지 못하는 법이니까.

피 분수가 솟구쳤고 앤드류보다 피를 뒤집어쓴 여자의 입에서 먼저 날카로운 비명이 터져 나왔다.

여자는 뜨끈한 피가 자신의 얼굴을 덮쳐오자 피하지도 못한 채 머리를 끌어안고 미친 듯이 울부짖고 있었다.

강태산은 어느새 꺼내든 한월을 들고 잘린 팔을 감싸 안으며 짐승처럼 신음을 지르는 앤드류에게 다가갔다.

"앤드류, 내가 누구냐고 물었으면 대답을 들어야지. 다짜고짜 그렇게 총을 빼들면 쓰나."

"컥… 컥. 한국에서 왔나?"

"맞아."

"그렇다면 네가 헬파이어냐?"

"그렇게 머리가 잘 돌아가면서 이곳에 있다는 게 난 이해가 되지 않는다. 나는 네가 미국으로 도망갔으면 어쩌나 걱정을 했어. 그런데 버젓이 이곳에서 섹스를 하고 있다니… 정말 존경스럽다."

"저 여자를 봐라. 예쁘지 않나?"

"예쁘군."

"저 애가 이곳을 미치도록 좋아해서 마지막 섹스를 하던 참이었다. 네가 올지도 모른다는 생각을 했지만 이렇게 빨리 올 줄은 몰랐어. 너무 여유를 부렸던 거지."

"여유를 부리는 건 좋은 거야. 남자라면 가끔가다 사랑에 목숨을 걸기도 하잖아."

"뭐 어쩌겠나. 내가 이곳에서 죽은 운명이었으니까 이렇게 된 걸. 헉… 헉… 대신 하나만 부탁하자."

"말해."

"저 여자는 살려다오. 저 애는 아무것도 모른다. 심지어 내 정체도 몰라. 그러니 저 여자는 보내주면 고맙겠다."

앤드류의 눈에는 여자를 걱정하는 마음이 가득 담겨 있었다.

나이 차로 봤을 때 마누라는 아니다. 그렇다면 불륜이라는 뜻인데 그럼에도 놈은 여자를 매우 사랑하는 모양이었다.

"크크크… 이 새끼가 농담을 받아주니까 점점 재밌는 소릴 하는구만. 정확하게 10일전 서울 구로동에 있는 건물에서 두 노인이 죽었다. 한 명은 내가 모시는 분이었고 다른 한 사람은 그분의 부인이셨어. 그 할머니 역시 남편이 어떤 일을 하는 사람인지 전혀 모르고 있었어. 더군다나 나이가 들어서 걷는 것조차 어려웠던 분이였어. 그런 분을 망신창이로 찢어놓고 그런 개소리가 나와!"

"으… 그건 내가 한 짓이 아니었다."

"직접 하지 않았어도 명령을 내렸으니 결국 네가 한 짓이다. 그러니까 개 같은 소리 하지 말고 팔짱 꼭 껴서 데려가. 지옥에 섹스 파트너와 같이 가면 외롭지 않을 것 아니냐."

CIA 국장 도널드는 무거운 얼굴로 백악관에 들어섰다.

사건이 벌어지기 시작한 지 이십 일이 지난 지금.

전 세계에 퍼져 있던 CIA의 정예 요원들은 엄청난 피해를

본 채 천지 사방으로 적들의 마수를 피해 도망치고 있는 중이
었다.

아시아에서는 한국, 일본에 이어 홍콩 지부와 중국, 대만이
차례대로 당했고, 유럽에서는 프랑스와 이탈리아에 이어 영국
과 스페인까지 전멸에 가까운 타격을 받았다.

사정은 남미와 중동 쪽도 마찬가지였다.

나름대로 반격을 취해서 거의 100여 명의 국정원 요원들을
사살했으나 CIA 요원들의 피해는 그것의 5배가 넘었다.

더 이상 견딜 방법이 없었다.

철저히 준비하고 적들의 공격에 대비했으나 놈들은 유령처
럼 나타나 집요하게 물고 늘어져 요원들의 목숨을 잔인하게
끊었다.

막강한 전력을 자랑하며 전 세계를 활보하던 CIA의 지부들
은 차례차례 무너져 내려 기능을 완전히 상실한 상태였다.

불과 이십 일 만에 말이다.

도널드가 어두운 얼굴로 들어서자 백악관의 주인이자 미
합중국을 이끄는 니콜라스가 국무 장관과 국방 장관 등 핵심
참모들을 대동한 채 그를 기다리고 있었다.

미리 보고를 받았기 때문인지 니콜라스의 표정도 더없이
침중했는데 화가 얼마나 났던지 도널드가 인사를 했는데도
고개조차 미동을 보이지 않았다.

"국장, 당신 미친 거요!"

"죄송합니다."

"도대체 이게 뭐란 말이오. 그렇게 자신하더니 전멸을 당해? 이게 말이 된다고 생각하시오!"

"놈들은 상상 이상으로 무서운 전력을 가지고 있었습니다. 그런 것도 모른 채 잘못된 작전을 펼쳐 이런 결과를 만들었으니 제가 책임을 지겠습니다."

"어떻게 말이오?"

고개를 숙인 도널드를 향해 니콜라스의 시퍼런 눈이 번뜩였다.

500명이 넘는 최정예 요원들이 죽음을 맞이했는데 기껏 한다는 소리가 물러나겠다는 말이나 하다니 당장에라도 때려죽이고 싶은 표정이었다.

하지만 니콜라스는 금방 시선을 거두고 도널드를 향해 질문을 던졌다.

"국장, 지금 벌어지는 게 한국 짓이 분명하오?"

"그렇습니다."

"증거는?"

"놈들에 대한 신상은 정확하게 파악하지 못했으나 상당 부분 압축된 상태입니다. 곧 놈들의 신원이 밝혀질 겁니다."

"그자들의 핸드폰을 추적했다고 하지 않았소. 그런데도 아직 신분을 확인 못했단 말이오?"

"놈들은 이중 삼중으로 신분 세탁이 되어 있는 것 같습니다. 그날 이후 놈들은 완벽하게 자취를 감추었습니다."

"그렇다면 한국 짓이란 걸 어떻게 증명한단 말이오. 현장 증거가 없는데 그자들이 범인이란 걸 어떻게 주장할 수 있단 말이오?"

"죄송합니다."

"만드시오."

"무슨 말씀이신지……?"

"증거를 만들어내란 말이오."

니콜라스의 말에 도널드가 고개를 번쩍 치켜들었다.

단숨에 대통령의 의도를 알아챘기 때문이었다.

하지만 니콜라스는 그에게서 시선을 돌려 이미 국방 장관을 바라보고 있었다.

"국방 장관, 아이젠하워와 루즈벨트를 한국으로 보내시오. 나는 한국의 짓을 도저히 묵과할 수 없소. 감히 반도의 쥐새끼들이 미합중국을 건드리다니… 이 기회에 한국을 쑥대밭으로 만들어야 되겠소."

"한국을 압박하는 데는 아이젠하워로도 충분합니다. 루즈벨트까지 보낼 필요도 없습니다."

"내 말대로 하시오. 두개의 항모전단으로 대한해협을 완전히 봉쇄한 후 놈들의 항복을 받아내시오. 어차피 요즘 들어 말을 듣지 않는 한국 놈들에게 본때를 보여줄 생각이었소. 그러니 장관께서는 CIA 국장이 증거를 만들어내는 대로 곧장 공격하란 말이오."

제7장
지옥의 불길 버지니아

중국 북경.

전임 국안부장 정청이 의문의 피살을 당한 후 그 자리에 오른 것은 제1 차장 왕준이었다.

왕준은 이번에 새롭게 중국 주석으로 등극한 왕문호의 먼 친척이었는데, 국안부에서 밑바닥부터 차근차근 밟고 올라와 막강한 배경을 등에 업고 국안부의 수장이 되었다.

치밀한 두뇌 회전과 판단력, 그리고 결단력을 지닌 그는 국안부 요원들에게 절대적인 신망을 받아온 사내였다.

정청의 죽음은 그야말로 충격 그 자체였다.

천안문은 중국인들에게 신성한 성지였으나 한순간 정청의 피로 인해 시뻘겋게 변하고 말았다.

혀를 빼물고 천안문의 꼭대기에 매달려 있던 정청의 모습은 더없이 잔인해서 차마 눈뜨고 보지 못할 지경이었다.

왕준은 국안부의 수장에 오르며 정청의 복수를 다짐했다.

한국 놈들의 짓이 분명했다.

박무현과 신기혁을 처단하기 위해 미국, 일본과 공조한 작전이 실패로 끝나자마자 각국의 정보 책임자들이 거의 동시에 살해를 당했다.

한국의 특수 요원 놈들은 귀신같은 능력으로 본토에서 가장 강하다는 암살 집단 혈귀들과 일본, 미국이 보낸 스나이퍼들까지 단숨에 처리했다.

나중에 안 사실이었지만 미국이 보낸 자는 전설의 킬러 화이트 섀도라고 들었다.

도대체 어떤 놈들이기에 허드슨 강의 유령마저 잠재울 수 있었단 말인가.

허드슨 강의 유령은 스파이 세계에서는 두려움의 상징이었고 단 한 번도 목표물을 놓친 적 없는 전설의 킬러였다.

그런 킬러마저 당했다는 것은 한국의 특수 요원이 얼마나 무서운 능력을 지녔는지 단적으로 증명하는 것이었다.

그럼에도 복수에 대한 집념을 포기하지 않았다.

놈들이 아무리 뛰어난 능력을 지녔다 해도 대륙의 주인이자 전 세계 석권을 눈앞에 둔 중국의 힘은 당하지 못할 것이라 생각하는 왕준이었다.

국안부장에 오른 후 정신없이 시간을 보냈다.

세계 경제의 중심이 되기 위해 국안부가 가장 중점을 두고 추진해 온 것은 바로 제4차 혁명의 핵심 기술인 증강 현실 부문과 인터페이스 통화 기술을 빼오는 것이었다.

국안부와 권단의 최정예 요원들이 펼친 '적토마 작전'은 중국의 미래가 달렸을 만큼 중요했기에 그는 밤을 새워가며 작전 추진에 만전을 기했다.

다행스럽게 프랑스와 일본에서 핵심 기술을 빼오는 데 성공한 것이 바로 한 달 전이었다.

이제 중국은 자신이 빼온 기술을 활용해서 탄탄대로의 경제 발전을 지속해 나갈 수 있게 될 것이다. 바로 자신이 이끄는 국안부의 힘으로.

그동안 겪었던 불면의 밤.

극심한 스트레스와 피곤함에 그의 입술은 바짝 타들어갔고 체중은 7kg이나 빠졌다.

휴식이 필요했다.

당분간 아름다운 여자를 데리고 상해나 청도로 휴가를 갈 생각이었다.

일상에서 벗어나 뜨거운 섹스를 즐기고 입맛을 돋우는 음식을 먹으며 시간을 보내면 지쳤던 심신을 회복할 수 있을 것이다.

그러나 '적토마 작전'이 끝나자마자 국가 주석이자 자신의 육촌 아저씨인 왕문호가 그를 긴급으로 주석궁으로 불러들였다.

주석궁에는 총참모부장, 총정치부장, 권단장을 비롯해서 신양 군부의 핵심 세력인 제5, 6집단군단장이 함께 자리를 같이하고 있었다.

왕문호의 주재로 열린 회의 내용은 중요하고도 긴급한 내용을 담고 있었다.

최대한 빠른 시간 내에 북한의 핵무기를 기습 공격으로 무력화시킨 후 신기혁 정권을 전복시키고 친 중국 정권을 수립시켜야 된다는 것이었다.

현재 남한의 막강한 경제력이 북한으로 들어와 경협이 진행되고 있기 때문에 한시라도 빨리 작전을 펼치지 않으면 영원히 북한을 종속시키지 못한다는 게 왕문호와 최고 위원들의 판단이었다.

이런 젠장.

휴가를 가겠다는 생각은 단숨에 사라지고 말았다.

핵무기를 기습 공격한다는 것은 자신 직속 휘하에 있는 권단의 특수 병력을 동원해야 된다는 걸 의미하기 때문이었다.

사무실에 돌아와 긴급하게 참모들과 권단장을 부른 후 세부적인 작전을 수립하기 시작했다.

위험하다.

핵무기를 파괴하는 작전은 단숨에 성공하지 못하면 엄청난 파장을 불러일으켜 중국을 혼란 속으로 몰아넣게 된다.

광기의 집단 북한은 자신들이 공격당했을 경우 무슨 짓을 할지 모를 만큼 미친 자들이었으니 이왕 시작한다면 단칼에 목을 잘라야 후환이 없을 것이다.

최고의 요원들로 공격 팀을 짜고 무수단, 장모리 등 북한 핵 기지가 들어서 있는 곳과 유사한 지형을 골라 훈련을 시작했다.

공격 시점은 정확히 두 달 후로 정했기에 시간이 없었다.

온 정신이 그곳으로 향했다.

일주일에 두, 세 번씩 권단 특수전 병력 훈련장을 찾았고 꼼꼼하게 미비점을 찾아내며 한 치의 오차도 발생하지 않도록 최선의 노력을 다했다.

바짝 말랐던 입술이 터진 것은 그로부터 한 달이 지난 후였다.

얼마나 신경을 썼는지 밥을 먹어도 무슨 맛인지 알 수 없었고 잠조차 편하게 잘 수 없었다.

육체는 지쳐갔고 사무실에 앉으면 저절로 눈이 감겼다.

그렇다고 잠이 드는 것도 아니었다. 대사를 앞둔 그의 신경은 칼날처럼 날카롭게 변해 작은 소리에도 온몸을 고슴도치처럼 웅크리게 만들었다.

그렇게 신경이 바짝 서 있는 상태에서 CIA가 공격당하는 것 같다는 제1 차장의 보고를 받았다.

정확한 사실이 아니었기에 처음에는 쓴웃음을 지으며 흘려넘겼다.

스파이 세계에서는 각국의 요원들이 수시로 총격전을 벌이기 때문에 제1 차장의 보고도 그런 것 중의 하나라고 생각했던 것이다.

그러나 보고는 점점 그의 상상을 뛰어넘으며 이상한 쪽으로 흐르기 시작했다.

CIA 요원들의 무서움은 누구보다 국안부가 잘 안다.

미국 놈들은 막대한 예산을 들여 최고의 요원들을 만들어내기 때문에 CIA에 몸담고 있는 놈들은 하나같이 인간 병기라 불려도 될 만큼 대단한 능력을 지녔다.

그런데도 각국에 거미줄처럼 퍼져 있는 CIA 요원들이 떼거지로 죽어나간다는 것이 사실로 밝혀지자 몸이 부들부들 떨리기 시작했다.

도대체 누가 이런 짓을 벌인단 말인가.

더군다나 최근 보고에 의하면 CIA는 세계 주요 지점에서의 근거지를 모두 말살당하고 적들을 피해 도주 중이라는 것이었다.

기가 막혀 말이 나오지 않았다.

그러나 더욱 그를 경악시킨 것은 방금 튀어 들어온 제1차장의 보고였다.

"부장님, 큰일 났습니다."

"또 뭐냐!"

"미국이… 미국이 2개의 항모 전대를 한국 쪽으로 진군시키고 있습니다. 아이젠하워와 루즈벨트로 보입니다."

"그게… 그게 사실이냐!"

믿기지 않는 사실에 왕준이 두 눈을 부릅떴다.

세계에 존재하는 항공모함 전대 중에 가장 강력한 위력을 지닌 것은 미국이 보유하고 있는 항모전대들이었다.

특히 아이젠하워와 루즈벨트는 항모 탑재기가 최신예 스텔스기인 개량형 F—22 랩터였고, 2척의 핵 잠수함까지 대동시키기 때문에 세계 최강으로 꼽혔다.

두 개의 항모 전대 중 하나만 떠도 웬만한 국가들은 이틀 안에 박살 낼 수 있을 정도로 막강한 화력을 지녔으니 미국은 이번에 한국을 망신창이로 만들려고 작정한 모양이었다.

왕준이 믿기지 않는 듯 눈을 부릅뜨자 제1 차장이 급하게 자신의 보고에 대한 신빙성을 높였다.

"인공위성으로 확인되었습니다. 놈들은 현재 한국을 향해 급속 남진 중에 있습니다."

"허어, 도착 시점은?"

"3일 후면 도착할 것 같습니다."

"기어코 미국이 움직이는군. 당장 주석궁으로 가겠다. 차 준비해!"

왕준은 자리를 박차고 일어났다.

500명이 넘는 CIA 특수 요원이 죽음을 맞이했고, 세계 주요 거점에서 영향력을 상실한 미국이 그냥 있을 리 없다고 판단했다.

하지만, 이렇게 강력한 반격에 나설 것이라고는 예상하지 못한 일이었다.

그동안 미국은 남북 경협과 한국이 다른 나라에서 무기를 수입하는 것 때문에 경제를 제재하며 수위를 높여가고 있었으나 지금까지 직접적으로 이빨을 드러낸 적은 없었다.

급했다.

미국이 세계 최강의 항모 전대를 대한해협으로 급파한 이유는 이번 CIA 사건으로 남한에 대한 보복을 결정했기 때문일 것이다.

그렇다면 중국도 더 이상 시간을 늦출 이유가 없었다.

미국이 남한에 대해 폭격을 시작하는 그 순간 북한을 친다
면 정치, 외교 측면에서 가장 유리한 국면을 이끌어 나갈 수
있을 것이다.

강태산은 레밍턴 호텔 커피숍에 앉아 커피를 마시며 야경
을 바라보고 있었다.

레밍턴 호텔은 필리핀의 수도 마닐라를 대표하는 호텔로서
공항과 가깝고 최고의 시설을 보유해서 외국인 관광객들이
가장 많이 찾는 곳이었다.

한국을 떠나 일본을 거쳐 홍콩, 대만, 중국, 태국을 차례대
로 처리한 후 이곳 필리핀으로 넘어왔다.

필리핀에 온 것은 4일 전이었다.

이곳에서 그는 먼저 CIA 요원들을 모두 처리한 후 곧이어
2개의 갱단을 박살 냈다.

필리핀 갱단은 지금까지 200명에 가까운 한국인들을 살해
했다.

놈들이 한국인들은 노린 것은 여러 가지 이유가 있었는데,
그 첫 번째가 현지인들에게 고압적인 태도를 보인다는 것이고
두 번째는 꽤 많은 현금을 몸속에 지닌다는 것이었다.

매년 10여 명이 필리핀 갱단에 의해 한국인들이 죽어갔으
나 한국 정부에서는 특별한 조치를 취하지 못했다.

태국 정부는 한국 정부의 항의에 대해 재발 방지만 약속했을 뿐, 한국인의 신변 안전에 대한 어떠한 방안도 내놓지 않았다.

강태산이 필리핀에 들어와 갱단을 치기 시작한 것은 금년에도 11명이나 죽었다는 뉴스를 봤기 때문이다.

뉴스가 나올 때마다 안색이 흐려지던 권 여사와 동생들의 모습이 선했다.

이국의 하늘 아래 이름 모를 땅에서 억울한 죽음을 당하는데도 아무런 조치를 취하지 못하는 정부의 무능을 탓하며 은정은 눈물까지 보이곤 했다.

이제 남은 갱단은 하나.

레밍턴 호텔에 강태산이 모습을 드러낸 것은 부케논 갱단의 보스 란디쵸의 생일잔치가 이곳 21층 뷔페에서 열리기 때문이었다.

부케논 갱단은 필리핀에서 가장 규모가 커 전국에 지부를 두고 활동했는데, 오늘 빅보스 란디쵸의 생일잔치에는 지역의 우두머리들이 모두 오는 것으로 계획되어 있었다.

강태산은 슬쩍 시계를 바라보았다.

란디쵸의 생일잔치는 정각 7시부터 시작된다고 했으니 아직도 20분 정도 시간이 남았다.

손으로 커피 잔을 들어 입으로 가져갔다.

향기로운 냄새가 그의 몸에서 피 냄새를 지우기라도 하듯 입가를 가득 적셔주었다.

핸드폰에서 진동이 울린 것은 탁자에 놓아두었던 담배를 꺼내 입으로 가져갈 때였다.

"여보세요?"

─태산아, 나다. 지금 어디냐?

"국장님 아니십니까. 몸도 성치 않은 분이 갑자기 웬일이세요?"

─지금 어디냐고!

가래가 끓는 목소리로 최 국장이 소리를 질렀다.

전혀 모르는 전화번호가 뜨기에 받지 않을까 하다가 느낌이 이상해서 받았는데, 최 국장은 받자마자 고함부터 질러왔다.

다 죽어가던 몸이 조금 회복된 모양이었다.

"필리핀입니다. 그런데 무슨 일입니까?"

─인마, 큰일 났어. 미국이 항모 전대를 보냈다.

"그런데요?"

─그냥 보낸 게 아냐. CRSF의 정보망을 모두 동원한 결과 미국이 한국을 공격할 확률이 90%가 넘어. 네가 시행한 CIA 초토화 작전에 대한 보복 공격이 예상된단 말이다.

"놈들이 미쳤군요. 스파이 전쟁은 지들이 늘 하던 짓이었는데, 그것 때문에 항모까지 보냈단 말입니까?"

─아이젠하워와 루즈벨트를 보냈다. 우리 해군력과 공군력으로는 아이젠하워 하나도 감당이 어려워. 만약 두 개가 동시에 공격을 시작하면 한반도 전역이 불바다로 변하게 돼. 태산아, 내 말 듣고 있냐!

"듣고 있습니다."

─어쩌면 좋겠냐?

"어쩌긴요. 제가 일을 만들었으니 해결도 제가 해야죠."

─어떻게?

"그거야 공격을 못하게 하면 되는 거 아닙니까. 곧 처리할 테니 걱정 마시고 치료나 잘 받으세요. 한국에 돌아가면 같이 소주나 한잔합시다."

강태산은 전화를 끊고 물었던 담배에 불을 붙였다.

그런 후 자리에서 일어나 커피숍에서 나와 엘리베이터 앞에 섰다.

먼저 와 있던 여자가 인상을 찌푸리며 바라봤으나 강태산은 신경 쓰지 않고 피워 문 담배를 깊게 빨아들여 연기를 뱉어냈다.

엘리베이터를 타고 21층으로 올라가자 뷔페로 향하는 통로부터 갱들로 보이는 사내들이 촘촘하게 진영을 갖춘 채 만약의 사태에 대비해 경계를 서는 것이 보였다.

그런 사내들을 보며 강태산은 고개를 좌우로 비틀었다.

가소로운 놈들.

몇 놈 죽었다고 항모전대를 보내서 보복을 한다 이거지.

머릿속에는 다른 생각이 들어차 있었으니 복도를 거닐며 강태산은 권총을 꺼내 경계를 서고 있는 사내들을 쓰러뜨리기 시작했다.

슉… 슉… 슉!

강태산의 소음 권총이 향하는 곳마다 픽픽 쓰러지는 사내들의 모습이 허깨비들처럼 여겨졌다. 양손에 권총을 든 강태산의 모습은 그 옛날 홍콩영화 영웅본색에 나온 주윤발과 비슷했다.

검은 선글라스, 피어 문 담배. 입가에 걸려 있는 싱그러운 미소까지……

*   *   *

레밍턴 호텔 뷔페는 피바다로 변했다.

그동안 한국인들이 살해당했을 때는 뒷북만 치던 필리핀 경찰이 미친 듯이 달려왔으나 그들은 싸늘하게 식은 갱들의 시신만 확인했을 뿐이었다.

강태산은 레밍턴 호텔에서 나와 곧장 미국행 비행기 티켓을 끊었다.

3일.

미국의 항모전대가 한국까지 도착하는데 걸리는 시간이 3일
밖에 남지 않았기에 어떡하든 그사이에 모든 것을 해결해야 했
다.

마닐라에서 델리스 국제공항까지 가는 비행기편은 그리 많
지 않아 내일 아침이나 되어야 워싱턴으로 향할 수 있었다.

호텔로 돌아온 강태산은 욕조에 물을 받은 후 옷을 벗었
다.

어차피 기다려야 한다면 그동안 몸에 스며든 피냄새를 깨
끗하게 씻어내고 싶었다.

눈을 감았다.

그런 후 천천히 들숨과 날숨을 반복하며 현천기공을 운용
하기 시작했다.

현천기공의 효능은 언제 어느 때든 수련이 가능하다는 것
이었다.

강태산의 단전에서 빠져나온 내공이 임독양맥을 통해 뇌호
혈로 힘차게 전진한 후 강간으로 무섭게 치고 올라가더니 철
벽처럼 가로막고 있는 후정혈을 때렸다.

강간혈이 깨진 것은 3개월 전의 일이었다.

현천기공은 칠성을 넘어서자 수시로 활화산처럼 일어나 강간혈을 자극하더니 기어코 팔성의 벽을 부숴버렸다.

이제 남은 것은 후정혈과 백회혈뿐이었다.

만약 후정혈에 이어 백회혈까지 깨진다면 강태산은 육체의 한계를 벗어나 삼라만상의 진리를 품에 안고 등선에 오를지도 몰랐다.

현천기공이 운용될수록 강태산의 몸에서 오색찬란한 금광이 새어나왔다.

글로써 설명할 수 없는 그 빛은 너무나 영롱하고 신비로워 볼수록 저절로 감탄이 새어 나오는 신묘함이 담겨져 있었다.

얼마나 시간이 지났을까.

강태산의 몸이 서서히 욕조에서 부상하며 뜨기 시작했다.

노도처럼 후정혈을 타격하는 현천기공이 강해질수록 강태산의 몸에서 흘러나온 금광이 점점 진해졌고 허공으로 부상된 신형이 진동 속에 사로잡혀 갔다.

하지만 그것은 시작에 불과했다.

진동을 하던 강태산의 몸은 내부로부터 폭발을 일으키며 단전에서 빠져나온 현천기공이 거대한 파도처럼 후정혈을 밀어붙이는 충격으로 사시나무 떨리듯 휘청거렸다.

강태산의 얼굴은 잔뜩 일그러져 있었다.

웅축된 현천기공이 후정혈을 때릴 때마다 강태산은 끔찍한 고통과 육체를 온통 태워 버릴 것 같은 열기를 참아내며 이를 악물었다.

요즘 들어 점점 강해지는 현천기공의 흐름이 계속되면서 후정혈에 균열이 가기 시작했다는 것을 느꼈다.

하지만, 이렇게 급작스레 후정혈이 무너질 줄은 정말 생각지 못했던 일이었다.

이를 악물고 끊임없이 현천기공의 심결을 되뇌며 내공을 후정혈로 밀어붙였다.

무념무상.

콰앙!

철벽처럼 가로 막혔던 후정혈이 깨지며 노도처럼 움직이던 현천기공이 광대한 우주를 향해 쏟아져 들어갔다.

후정혈의 그릇은 뇌호혈과 비교조차 되지 않을 만큼 엄청난 크기였고, 포용과 생산을 반복하면서 현천기공을 유한의 경계를 뚫고 끊임없이 성장시켜 나갔다.

금방이라도 터질 것 같았던 강태산의 몸은 후정혈이 깨지면서 욕조를 완전히 벗어나 거의 2m가까이 부상되어 있었는데 그의 몸에서 흘러나온 금광은 손에 잡힐 것처럼 선명하게 변해 있었다.

내공이 끊임없이 돌고 돌았다.

전신세맥에 잔존되어 있던 현천기공은 한 알의 알갱이마저 끌어내어 하나로 뭉쳤고 그 내공은 후정혈을 돌아 다시 세맥을 타통하면서 점점 거대한 내공으로 변해 나갔다.

그런 과정들이 다섯 번이나 더 반복된 후에야 거짓말처럼 강태산의 신형이 가라앉으며 금광이 몸속으로 빨려 들어갔다.

깊게 가라앉은 눈.

강태산의 눈은 또다시 변해 있었다.

너무나 신비로워 도저히 인간의 눈이라 말할 수 없을 정도로 그의 눈은 선명했고 아름다웠다.

강태산은 아침 일찍 자리에서 일어나 짐을 챙겼다.

짐이라고 해봐야 손가방 하나와 한월이 전부였다.

호텔을 나선 강태산은 차를 이용하지 않고 곧장 태을경공을 운용해서 마닐라 공항을 향해 움직였다.

팔 성과 구 성의 벽이 얼마나 큰지 태을경공을 운용하면서 새삼 느낄 수 있었다.

팔 성 때도 사람들은 태을경공을 펼치면 그의 존재를 알아볼 수 없었는데 현천기공이 구 성에 이르자 그의 몸은 투명인간으로 변해 버렸다.

쉬익… 쉬익.

사물들이 저절로 밀려나는 것처럼 빠르게 이동했다.

물론 사물들이 밀려나는 것이 아니라 그가 움직이는 것이지만 그 속도가 얼마나 빠른지 지형 자체가 알아서 움직여 그를 이동시키는 것처럼 느껴질 정도였다.

인간의 한계를 벗어난 질주.

강태산의 몸은 이미 인간의 능력을 벗어나 천외천의 경지에 들어섰다.

공항은 수많은 병력으로 경계망이 쳐져 있었다.

마닐라에서 지난 4일 동안 죽은 갱단 조직원의 숫자는 거의 200명이 넘었다.

필리핀 역사상 최악의 사건.

아무리 갱단이라지만 너무 많은 숫자가 죽으면서 필리핀 경찰은 물론이고 군대까지 나서서 범인을 색출하느라 비상이 걸렸다.

그들을 더욱 혼란스럽게 만든 것은 누구도 범인의 용모를 보지 못했다는 것이었다.

범행 현장에서 살아남은 사람들이 여럿 있었지만 그들 중 누구도 범인을 봤다는 사람이 없었다.

주변의 CCTV는 완벽하게 지워져 있었고 목격자조차 없으니 경찰들은 코끼리 장님 만지는 것처럼 난감한 상황에 빠져들었다.

공항을 장악하고 검문검색을 하는 것은 시늉에 불과한 것이었다.

범인이 누군지조차 모르면서 범인을 잡겠다는 것 자체가 얼마나 어리석은 일이란 말인가.

강태산은 비행기 출발 시간을 기다리며 여유 있게 커피를 마셨다.

워낙 젠틀하게 옷을 입었기에 세 번의 검문검색을 당했지만 경찰들은 신분만 확인하고 그를 보내주었다.

이제 비행기를 타고 한숨 자고나면 종착역에 도착하게 된다.

오만한 자들.

일제의 수탈에서 겨우 벗어난 대한민국을 식민지처럼 여기며 오랜 세월 미국은 수없이 많은 불평등한 짓들을 저질러 왔다.

물론 한국동란 때 미국인들이 적극적으로 도와줬다는 사실을 잊은 것은 아니다.

하지만, 그들은 도움과 배신을 함께하며 끝내 한반도를 반으로 갈라놓은 채 거의 백 년 동안 대한민국을 음지에서 지배해 왔으니 고마움보다 분노가 더욱 크다.

대한민국이 세계가 놀랄 정도의 경제 기적을 이루면서 그들의 마수에서 벗어나려 할 때마다 미국은 주요 정치 지도자들과 오피니언 리더들의 약점을 틀어쥐고 정치, 경제적 독립을 철저하게 무력화시켰다.

국민들에게 존경받는 박무현 정권이 들어서면서 대치 국면에 이르자 미국의 압박은 최악으로 치닫고 있었다.

그들이 반대하는 남북경협을 옹골차게 추진해 나가자 일본, 중국과 손을 잡고 경제를 압박해 왔으며 심지어는 박무현 대통령의 암살까지 시도했다.

그리고 지금.

자신들이 저지른 죄는 생각하지 않은 채 CIA 조직이 타격을 입자 거침없이 항모전대를 동원해서 대한민국을 치려하고 있었다.

힘을 가진 자들의 전횡.

자신들의 이익을 위해 약소국을 짓밟는 그들의 오만은 철저히 응징되어야 마땅하다.

강태산은 시간이 되자 천천히 자리에서 일어나 출국장으로 향했다.

가방 하나 달랑 든 채 공항 로비를 걸어가는 그의 걸음에는 여유로움이 가득했다.

저벅, 저벅.

선글라스를 낀 채 당당하게 로비를 걸어가는 강태산을 수많은 경찰들과 군인들이 바라보았다.

하지만, 그들 중 강태산을 제지하는 사람은 아무도 없었다.

여유로움 속에서 묻어나오는 범접치 못할 위엄.

그 위엄은 수많은 적들의 목을 쳐온 야차의 권위였고 본능이었으니 사람들은 그 여유로움 속에서 알 수 없는 두려움을 느끼기에 충분했다.

CIA 국장 도널드는 서류들을 바라보다가 슬그머니 눈을 감았다.

책상에 놓인 서류에는 20여 명의 한국인들이 죽은 채 찍혀 있었는데, 전부 국정원 직원들이었다.

더군다나 한쪽에 놓인 디스크에는 자동소총을 든 한국인들이 CIA 요원들을 사살하는 장면이 담겨 있었다.

물론 조작된 필름이고 사진들이다.

그럼에도 덫에 걸린 한국은 미국이 벌인 사기극이라는 걸 알면서도 끔찍한 비명을 지르면서 고통을 고스란히 감내할 수밖에 없다.

아이젠하워와 루즈벨트호가 대한해협에 도착하면 이 자료들은 CNN을 비롯한 모든 언론에 뿌려져 세계에 퍼져 나갈 것이고 미국 정부는 한국을 상대로 미친 짓을 벌인 것에 대한 항의와 보복을 동시에 시행해 나갈 것이다.

불쌍한 놈들.

한국이 보유한 특수요원들은 상식을 뛰어넘은 정도로 강했고 무서운 능력을 보여주었다.

하지만 소수의 몇으로 국제적인 힘의 균형이 깨지지 않는다는 걸 왜 모른단 말인가.

용기는 가상했으나 무모하고도 어리석은 짓이었다.

지금까지 해왔던 대로 주는 먹이나 먹으면서 살았다면 이런 일은 발생하지 않았을 텐데, 힘도 없는 주제에 자존심을 세우겠다고 이런 상황을 만들었으니 정말 가소로운 놈들이었다.

이제 이틀 후면 한국은 치명적인 타격을 입게 된다.

그동안 한국이 차세대 전투기를 미친 듯이 사들이며 공군력을 보강했으나 2개의 항모전대가 뜬 이상 전투의 결과는 불을 보듯 뻔했다.

대통령 니콜라스가 한국에 보낸 것은 2개의 항모전대뿐만이 아니었다.

2개의 조기 경보기와 공중 요새라 불리는 5대의 B—72 폭격기, 10대의 MRTT 공중 급유기를 비롯해서 다수의 핵심 전력까지 추가시켰다.

니콜라스는 이 기회에 한국의 콧대를 완벽하게 무너뜨려 다시는 대들지 못하게 만들려는 것이 분명했다.

슬쩍 시계를 본 도널드는 탁자에 놓여 있던 서류와 디스크를 서류 가방에 담았다.

완벽한 증거.

내일 아침 이 서류들을 니콜라스에게 보고한 후 언론에 유포시키면 남은 일은 국무장관과 국방장관이 알아서 할 것이다.

'휴우…….'

저절로 한숨이 흘러나왔다.

CIA에서 청춘을 바쳐 살아온 30년의 시간들이 주마등처럼 흘러갔다.

수없이 많은 사건들을 계획하고 성공으로 이끌며 미국의 이익을 위해 최선의 노력을 다했다.

그러나 자신의 잘못된 오판으로 인해 80%가 넘는 CIA 요원들이 죽었고 주요 거점이 사라지는 걸 보면서 죽음보다 더한 고통과 슬픔을 맛봤다.

내일 백악관에 들어가면 사표를 던질 생각이다.

후회는 없었다.

한평생 조국을 위해 일했고 싸워온 인생이었으니 무슨 후회가 남을 텐가.

눈을 들어 사무실을 둘러보았다.

국장에 취임 후 2년 동안 하루도 빼놓지 않고 출근했던 사무실이 막상 떠난다고 생각하자 낯설게 느껴졌다.

천천히 일어나 서류 가방을 들고 사무실을 빠져나오자 대기하고 있던 요원들이 그를 둘러쌌다.

이미 밖은 어둠 속에 잠겨 있었다.

증거 서류를 만드느라 정신없이 시간을 보냈기 때문에 시간 가는 줄도 몰랐다.

그가 탄 차는 앞뒤로 4대의 검은색 차량에 호위된 채 집으로 향했다.

그림자 전쟁이 벌어지면서 정보본부장이 무려 15명의 호위를 붙여주었는데 하나같이 특급요원들이었다.

그야말로 철통같은 경호였다.

특급요원들은 그가 집으로 들어간 후에도 저택 주변을 밤새워 경호했기 때문에 마누라는 전쟁이 일어난 줄 알고 깜짝 놀랄 정도였다.

집으로 들어가 평소처럼 반겨주는 마누라와 함께 저녁을 먹었다.

이제 은퇴를 하면 시골로 내려가 남은 인생 동안 유유자적하게 살아갈 작정이었다.

조만간 한국에서는 엄청난 시체가 산을 이루겠지만 자신과는 전혀 상관없는 일이었다.

스스로 화를 불렀으니 당해도 싼 놈들이었다.

"오늘도 왔네요, 저 사람들?"

"응, 아직 일이 안 끝났거든."

"언제까지 저렇게 할 거죠? 이웃 사람들이 이상하게 생각한

단 말이에요."

"내일이면 끝난다고 했잖아. 그러니까 조금만 기다려."

마누라는 식사를 하면서 하루 동안 있었던 일들을 끊임없이 말했다.

슈퍼에 갔었던 일부터 제임스 여사네 집에 가서 커피를 마시며 수다를 떨었던 일들, 잔디를 깎느라 고생했던 것까지 말하며 제대로 식사조차 못하게 만들었다.

하지만 그 잔소리를 듣는 건 행복이었다.

비록 대꾸가 늦으면 핀잔을 주었지만 마누라의 늙은 얼굴에서 흘러나오는 웃음은 언제나 그를 즐겁게 해줬다.

식사를 마치고 식당에서 빠져나오자 거실에서 경계를 서던 요원들이 자리에서 일어나는 것이 보였다.

경호를 맡은 요원들은 그를 불편하게 만들지 않기 위해 최선을 다했지만 같은 공간에 있는 것만으로도 충분히 불편했다.

손을 들어 쉬라는 시늉을 한 후 거실을 건너 서재로 들어갔다.

그런 후 서류 가방을 꺼내 다시 한 번 내일 있을 브리핑 연습을 했다.

한 치의 오차도 발견되면 안 된다.

모든 상황과 증거는 톱니바퀴처럼 맞아 들어가야 하고, 한국이 변명조차 하지 못할 만큼 완벽하게 조작되어 있어야 한다.

1시간이 넘도록 돋보기를 쓴 채 서류를 봤더니 눈이 아프고 목도 말랐다.

"여보!"

마누라를 불렀으나 대답이 없다.

비록 나이는 들었으나 귀는 밝아서 그가 부르면 지체 없이 달려오던 마누라는 오늘따라 웬일인지 그의 부름에 대답하지 않았다.

고개를 갸웃하며 자리에서 일어나 서재 문을 열고 바깥으로 나가던 그가 걸음을 멈춘 것은 공포 영화처럼 펼쳐진 거실의 광경을 봤기 때문이었다.

경호를 하기 위해 거실에 있던 두 명의 요원은 전신에 피칠을 한 채 소파에 앉아 있었는데 죽음을 당한 것도 몰랐던지 웃는 얼굴을 하고 있었다.

"으……."

비명조차 새어 나오지 않았다.

사람들이 죽었음에도 현실로 느껴지지 않았고 그저 충격 때문에 정신이 멍해졌을 뿐이다.

정신이 돌아온 것은 마누라가 대답을 하지 않았다는 사실이 문득 생각났기 때문이었다.

미친 듯 마누라를 부르며 안방으로 달려갔다.

하지만 안방을 차고 들어갔을 때 그를 맞이한 것은 마누라 가 아니라 낯선 사내였다.

"도널드, 어서 와라."

"으… 너는 누구냐!"

"네 서재에 있는 가방을 보니까 재미있는 것을 가지고 있더 군."

"네가 그것을 어떻게… 한국에서 온 놈이냐?"

"재밌는 놈일세. 내가 올 걸 예상하고 저렇게 많은 놈들을 세워놓은 거 아니었어?"

"우리 집사람은 어디에 있나… 설마, 죽인 건 아니겠지?"

"이봐, 도널드. 내가 방금 말한 거 못 들은 모양이구나? 마 누라 걱정은 되는가봐? 너희들이 한 짓 때문에 죽어갈 수많은 대한민국 국민들은 걱정되지 않고!"

"그건… 한국이……."

"왜 말을 하다 말아. 대한민국이 잘못해서 그런 거라 말하 고 싶은가?"

강태산의 질문에 머뭇거리던 도널들의 표정이 서서히 굳어 졌다.

그런 후 그는 바닥에 쓰러져 있는 자신의 부인을 뒤늦게 확 인하고 이를 악물었다.

"죽을 짓을 했으면 죽어야 하는 게 마땅한 것 아니냐. 너희들은 아무런 잘못 없는 CIA 요원들을 500명 넘게 죽였다. 그러니 보복을 당하는 건 당연한 일이다."

"크크크… 보복이라. 그게 보복이라 이거지. CIA 몇 놈 죽었다고 수만 명의 대한민국 국민들을 죽이는 게 보복이란 말이지?"

"…그렇다. 한국은 곧 불바다로 변할 것이다."

"이 새끼, 그냥 죽이려고 했더니 안 되겠네. 좋아, 도널드. 넌 조금 더 살아라. 그래서 두 눈으로 똑똑히 봐. 진짜 불바다가 뭔지 내가 너한테 확실하게 보여줄게."

*　　　　*　　　　*

미국의 심장 백악관.

세계 최강국 미국을 지휘하는 대통령이 거주하는 곳.

댄스 파티와 리셉션이 열리는 동관은 시민들이 자유롭게 드나들었는데, 심지어 관광객에게까지 개방되어 백악관은 자유의 상징이라 여겨질 정도다.

하지만 그것은 진짜 백악관의 실체를 모르는 사람들이 하는 말에 불과했다.

백악관은 방사형 도로와 공원으로 둘러싸여 있었는데 동관만 특정 시간대에 개방할 뿐 다른 건물들은 경찰과 비밀 경호국에 의해 철저히 통제되기 때문이다.

강태산은 CIA 국장 도널드의 집에서 나와 백악관과 가까운 호스텔에서 잠을 잤다.

15명의 CIA 요원들이 국장의 집과 근처에서 살해당했기 때문에 주요도로는 밤새도록 비상 사이렌이 울려 퍼졌고 수도 없이 많은 경찰들과 FBI가 워싱턴 전체를 이 잡듯이 뒤지고 다녔다.

강태산이 머물고 있는 호스텔도 경찰들이 검색을 해왔으나 중년인으로 변장하고 있었기 때문에 헛물만 켜고 돌아갔다.

무서워서 변장을 한 것이 아니었다.

지금 당장에라도 백악관에 들어갈 수 있었으나 한꺼번에 일을 처리하기 위해서는 기다릴 필요성이 있었다.

다음 날.

날이 밝자 강태산은 자리에서 일어나 세면을 하고 식당으로 내려가 빵으로 배를 채웠다.

그런 후 옷을 갈아입고 호스텔을 나섰다.

천천히 걸으며 백악관을 감싸고 있는 아름다운 공원을 감상했다.

백악관 주변에는 라파예트라 불리는 공원이 있었는데 숲이 우거졌고 갖가지 꽃들이 만발해서 워싱턴 주민들이 휴식을 취하기 위해 많이 찾는 곳이었다.

참으로 평화롭다.

조깅을 하는 시민들의 표정이 밝았고 아침 일찍 공원에 나와 자리를 잡은 노부부의 모습이 더없이 편안해 보였다.

공원에는 동상들 천지다.

뭘 그리 기념할 게 많았던지 공원 곳곳에 여러 형태의 동상들이 설치되어 있었다.

눈을 들어 바라보자 멀지 않은 곳에 오벨리스크가 보였다.

오벨리스크는 이집트의 태양신을 상징하는 사각주를 말하는데 끝으로 올라갈수록 피라미드처럼 뾰족한 건물이다.

눈을 내린 강태산이 시계를 흘끗 바라본 후 백악관을 향해 태을경공을 펼쳤다.

바람처럼 그의 몸이 공중으로 떴다.

사물은 빠르게 그의 주변을 스쳐 지나갔고 백악관의 담장은 순식간에 응축되어 그의 몸이 지나가는 것을 허락했다.

그가 담장을 통해 본관으로 들어서자 비상벨이 울리는 소리가 희미하게 들려왔다.

담장은 물론이고 상공에까지 레이저 디펜스 시스템이 구축되어 있었던 모양이었다.

부산한 움직임이 느껴졌으나 강태산은 지체 없이 오벌 룸(Oval Room)으로 몸을 날렸다.

대통령 집무실이 오벌 룸으로 불리게 된 것은 모양이 타원

형으로 만들어졌기 때문이라고 들었다.

복도를 타고 전진하면서 경호를 서고 있는 다섯 명의 사내를 쓰러뜨렸다.

백악관 전체를 통제하는 시스템이 그들의 시신을 금방 확인하겠지만 강태산은 전혀 개의치 않고 집무실 문을 열었다.

갑자기 열린 문에 뭔가를 숙의하던 사람들의 시선이 한꺼번에 몰려들었다.

거대한 회의용 탁자에는 모두 합해 여덟 명이 앉아 있었는데 대통령인 니콜라스를 포함해서 국무장관과 국방장관, CIA 국장인 도널드, 대통령 수석 보좌관과 안보수석 등 현재 미국을 이끌어가는 핵심 인물들이 모두 모여 있었다.

강태산은 그들의 시선을 받으면서 천천히 집무실 문을 닫았다.

그런 후 탁자를 향해 걸음을 옮겼다.

"상당히 심각한 대화를 나누고 있었던 모양이군. 모두 똥 씹은 표정을 하고 있는 걸 보니까 말이야."

"으… 너는!"

강태산을 알아본 CIA 국장이 턱을 덜덜 떨어댔다.

아직도 남아 있는 공포심. 사람을 죽이면서 눈 하나 깜빡하지 않는 강태산의 잔인함을 직접 본 그는 창백하게 변한 얼굴로 말을 이어나가지 못했다.

그런 도널드를 향해 강태산이 쓴웃음을 지었다.

"어이, 도널드. 넌 주접떨지 말고 앉아 있어. 난 지금부터 저기 있는 니콜라스와 대화를 나눌 테니까."

"이놈, 넌 누구냐. 여긴 어떻게 들어온 거냐!"

가운데 앉아 있던 국방장관이 자리에서 벌떡 일어나며 소리를 질렀다.

그는 아직도 이 상황이 이해되지 않는 듯 얼굴을 잔뜩 찌푸리고 있었는데, 성격 또한 다혈질이었던지 고함 소리에 힘이 담겨 있었다.

강태산은 국방장관의 고함 소리에 대한 답변 대신 바닥을 박차고 뛰어올랐다.

번뜩이는 신형.

아무도 그가 움직이는 것을 육안으로 확인하지 못했다.

하지만 강태산이 처음에 있었던 자리에 다시 나타났을 때 국방장관은 이미 목에서 피 분수를 흘리며 바닥으로 쓰러지고 있었다.

옆에 앉아 있던 국무장관과 백악관 안보수석이 피 분수를 맞으며 비명을 질렀으나 강태산은 차갑게 가라앉은 얼굴로 그들을 거들떠보지도 않았다.

"나한테 한 번만 더 엉뚱한 소리를 하는 자가 있다면 저자처럼 단박에 죽이겠다. 내 말 믿지 못하겠으면 어디 한번 해봐."

차가운 시선으로 강태산이 사람들을 하나씩 훑었다.

국방장관은 목을 붙잡고 바닥에 쓰러져 뒹굴다가 경련을 일으키면서 서서히 죽음을 맞이했다.

니콜라스를 비롯한 회의 참석자들은 아무런 말도 하지 못한 채 허옇게 질린 얼굴로 강태산을 바라보았다.

백안관의 경계망은 어마어마한 수준이다.

초특급 저격수 이십여 명이 정해진 장소에서 은폐한 채 포진되어 있었고 일당백의 비밀 경호국 요원들이 오십 명이나 상주하며 대통령을 보호한다.

더군다나 레이저 디펜스 시스템이 구축되어 침입자가 발생할 경우 지근거리에 있는 FBI특공대와 경찰들이 5분 이내에 출동하기 때문에 백악관을 공격한다는 것은 거의 불가능에 가깝다.

대통령의 안전이 완벽에 가깝다는 것은 예상치 못한 침입자가 백악관에 들어왔을 경우 즉각 지하 벙커가 개방된다는 것이었다.

지하 벙커는 미사일로도 열리지 않을 만큼 단단한 강철로 만들어져 철통같이 대통령과 참모들의 안전을 지킬 수 있었다.

그랬기에 집무실에 있던 사람들은 두려움과 궁금증이 혼재된 상태로 멘붕 상태에 빠져들었다.

어떻게 들어온 것일까.

더군다나 놈은 들어오자마자 거침없이 국방장관을 죽여 버렸다.

너무나 단순한 이유.

누구냐고 물었다는 그 이유만으로 침입자는 눈 하나 깜짝하지 않은 채 살인을 저질렀던 것이다.

더 기가 막힌 것은 그가 어떻게 국방장관을 죽였는지 보지 못했다는 것이었다.

그저 뭔가 휙 하고 지나갔다는 것을 느꼈을 뿐인데 국방장관은 목에 피 분수를 쏟아내면서 죽음을 맞이하고 있었다.

사람들이 아무 말 못 하고 자신을 바라보자 강태산의 얼굴에서 싸늘한 미소가 배어나왔다.

"이제 대화할 분위기가 만들어진 것 같군. 다들 앉아, 다리 아프게 서 있지 말고."

손가락으로 까닥거려 사람들을 앉게 만들었다.

그 모습이 너무나도 비정하게 보였기에 자리에 앉는 사람들의 표정이 누렇게 변했다.

한차례 소란으로 일어섰던 사람들이 모두 착석한 걸 확인한 강태산의 시선이 반대로 돌아갔다.

집무실을 향해 달려오는 급한 발자국.

침입자가 있다는 걸 확인한 비밀 경호국 요원들이 대통령을 보호하기 위해 뛰어오는 것이 분명했다.

"그대로 앉아 있어, 죽고 싶지 않으면. 방해하는 놈들이 들어오지 못하도록 만들어 놓을 테니까 잠시만 기다리고 있도록."

강태산은 사람들을 쓰윽 노려본 후 문으로 걸어갔다.

그런 후 문을 열면서 빠져나갔는데 유령처럼 순식간에 모습을 감추었다.

맨 먼저 달려오던 세 명을 쓰러뜨리고 곧장 뒤쪽에서 총을 꺼내드는 두 명마저 베었다.

한월의 도기는 방탄조끼가 막을 수 없을 정도로 예리해서 총알보다 더 무섭다.

강태산의 한월이 맨 끝에서 달려오던 자의 목을 겨누었다.

이미 들고 있던 총은 강태산에게 넘어와 있었는데 칼끝의 시린 기운 때문인지 아니면 자신이 포로로 잡혔다는 수치감 때문인지 그의 입에서는 이상한 신음이 새어 나오는 중이었다.

"너를 죽이지는 않겠다. 하지만 네 동료들에게 가서 정확하게 전해. 앞으로 1시간 동안 이곳에 얼쩡거리지 말라고 하란 말이다. 내 말대로 하지 않으면 저기 있는 대통령을 비롯해서 모든 자들을 깨끗이 죽여 버리겠다. 알았나?"

강태산의 질문에 요원의 고개가 정신없이 끄덕여졌다.

영화에서 나오는 것처럼 이를 악물거나 강태산의 행동에 대해서 정의감에 사무쳐 훈계하는 짓을 사내는 하지 못했다.

눈앞에서 피 분수를 흘리며 쓰러져간 동료들은 하나같이 자신보다 절대 뒤처지지 않을 정도로 뛰어난 능력을 지닌 최고의 요원들이었다.

강태산은 사내가 장승처럼 서 있는 것을 보면서 집무실로 돌아왔다.

니콜라스는 기대에 찬 눈으로 문이 열리는 것을 바라보다가 강태산이 혼자 들어서자 실망감으로 지그시 입술을 깨물었다.

저벅, 저벅.

거침없이 다가온 강태산이 빈 의자를 꺼내어 니콜라스 앞에 가져간 후 최대한 편안한 자세로 앉았다.

지그시 바라보는 시선.

그의 시선에는 미국의 대통령에 대한 존경심이 눈곱만큼도 담겨 있지 않았다.

"어이, 니콜라스. 잠깐 밖에 나갔다 오는 동안 나에 대해서 들었겠지?"

"도대체 여긴 왜 온 거냐?"

"할 말이 있어서 왔지, 왜 왔겠어. 내가 농담이나 하려고 온 것 같나?"

"으……."

"대한민국으로 2개의 항모전대를 보냈더군. 거기에 아주 야비한 함정까지 파놓고 말이야."

"너희들이… 한 짓에 대한 결과다. 설마 비겁하게 아니라고 변명할 테냐?"

"크크크, 우리가 한 짓 맞다. 하지만 너희들이 만들어놓은 시체들이 한 건 아니지. 그 사람들은 너희가 복수한답시고 죽인 거 아니었어? 쪽팔리게 왜 이래, 선수들끼리."

"어쨌든 한국이 저지른 짓이었으니 한국은 그에 상응하는 책임을 져야 한다."

"왜?"

"미합중국은 불의를 참지 않기 때문이다. 너희들의 불합리한 공격으로 수많은 생명이 목숨을 잃었다. 그러니 책임을 져야 하지 않겠느냐."

"불합리한 공격이라… 너희가 먼저 공격해서 반격을 한 건데 그게 불합리한 공격이란 말로 바뀌는구나. 초등학생도 아는 기브 앤 테이크를 일국의 대통령이라는 자가 모른단 말이지?"

"누가 먼저 공격했단 말이냐, 우리는 그런 적 없다!"

"이 새끼들은 꼭 불리하면 오리발을 내민다니까. 손발이 잘려야 정신을 차릴래나?"

강태산이 한월을 탁자에 찔렀다.

시퍼런 도기를 뿌리며 한월은 오동나무로 만들어진 탁자를 뚫고 반쯤 틀어박혔다.

그러나 니콜라스는 그 모습을 보면서도 눈 하나 깜박하지 않았다.

"나는 위대한 미합중국의 대통령이다. 마음대로 해봐. 그러나 한 가지는 알아두거라. 네가 잠깐 자리를 비운 동안 내 신상에 위험이 발생하면 무조건 한국을 초토화시키라는 지시를 내렸다. 여기 있는 사람들은 모두 죽겠지. 하지만 한국은 그 천 배 만 배 이상의 보복을 당하게 될 것이다."

"오호, 꽤 세게 나오는데… 그새 잔머리를 썼단 말이지. 역시 머리가 잘 돌아가는구만."

"헬파이어, 너 혼자 역사를 바꾸지는 못한다. 그러니 한국을 위해서 순순히 투항하라. 그리고 네 수하들도 자수하도록 권유해. 네가 그렇게 한다면 미국은 한국을 공격하지 않고 평화적인 방법으로 지금의 사태를 해결하겠다."

역시 노련하다.

목숨이 경각에 달렸는데도 니콜라스는 강태산을 똑바로 바라본 채 협상을 해왔다.

만약 상대가 강태산이 아니었다면 충분히 먹힐 수도 있는 협상안이었다.

그러나 강태산의 얼굴에는 어느새 싸늘한 미소가 피어오르고 있었다.

"크크크… 니콜라스, 뭔가 단단히 착각하고 있는 모양이구나. 나는 너희들을 죽이기 위해 여기에 온 것이 아니야."

"그렇다면 왜 온 거냐?"

"보여주려고. 미국이라는 나라가 얼마나 형편없는지 너희들에게 똑똑히 보여주려고 왔을 뿐이다."

"도대체 뭘 보여준다는 것이냐, 헬파이어. 이제 내일이면 한국은 초토화가 된다. 너는 네 조국이 그렇게 되기를 바라는 거냐!"

"절대 그렇게 되지 않는다. 너는 나를 단순한 암살자 정도로 생각했겠지만 나는 단순한 암살자가 아니라 대한민국의 수호신이다. 믿지 않을지 모르니까 맛보기를 조금 보여주마."

강태산이 말을 끝내자마자 탁자에 꽂혀 있던 한월을 빼들었다.

그런 후 파산도법을 시전하기 시작했다.

단순한 시전이 아니라 현천기공을 한월에 담았고 태을경공까지 펼쳤기 때문에 사람들의 눈에는 강태산의 모습이 보이지도 않았다.

잠시 후……

쾅, 쾅, 쾅, 콰과쾅……!

연이어 터져 나가는 벽.

푸르고 시린 빛이 줄기줄기 뻗어나가며 웬만한 폭탄으로도 무너뜨리지 못한다는 오벌 룸의 벽들을 뚫고 나갔다.

창이 통째로 날아갔고 격벽이 터지면서 복도와 연결된 콘크리트 벽에 주먹만 한 구멍들이 수도 없이 생겼다.

불과 눈 깜박할 사이에 생긴 일이었다.

순식간에 오벌 룸을 박살 낸 강태산은 니콜라스가 눈을 떴을 때 언제 일어났던 적이 있냐는 듯 처음과 똑같은 모습으로 앉아 있었다.

"니콜라스, 다시 말하지만 나는 대한민국의 수호신이다. 정식 명칭은 청룡이라고 하지. 지금부터 내 말 잘 들어. 너희들한테는 만여 기의 핵폭탄이 있더군. 남들은 가지지 못하게 만들면서 엄청 많이 쌓아놨더라. 그게 재산이라고 생각했던 모양이야. 그래서 말인데… 나는 그 핵폭탄을 너희들의 심장부에 터뜨릴 생각이다. 막을 수 있으면 막아봐. 그리고 대한민국을 공격하고 싶다면 그것도 너희 마음대로 해. 미국이 가진 핵무기로 너희들의 오만과 터무니없는 자존심을 철저하게 짓밟아줄 테니까. 어때, 재밌겠지?"

제8장
지옥의 불길 버지니아II

미국의 핵 기지는 본토 곳곳에 산재되어 있으나 모든 시스템을 통합 관리하고 컨트롤 타워 역할을 하는 건 동부에 있는 버지니아와 펜실베이니아였다.

전략 핵탄두의 숫자는 콜로라도나 애리조나, 뉴올리언스가 가장 컸으나 규모가 작은 동부의 기지들이 컨트롤 타워 역할을 맡게 된 것은 백악관과 가깝다는 지리적 이점이 있기 때문이었다.

알려진 바로는 텍사스 뉴올리언스에는 5,000여 기가, 콜로라도와 애리조나에는 각각 2,000기의 핵탄두가 저장되어 있다고 한다.

강태산은 백악관을 그냥 나오지 않았다.

오벌 룸을 빠져나온 후 니콜라스와 도널드가 미친 듯이 소리를 쳐서 경호원을 부르는 걸 확인한 강태산은 곧장 백악관을 상징하는 중앙관저로 날아갔다.

한월을 빼들고 강태산은 지체 없이 중앙관저의 기둥들을 베어 넘겼다.

지붕을 지탱하고 있던 기둥들을 잘라 버린 강태산은 파산도법의 초식들을 줄기줄기 펼쳐 철저하게 중앙관저를 파괴하기 시작했다.

기둥에 의해 지탱되던 지붕이 먼저 산산조각으로 변하며 무너져 내렸고, 로코코 양식의 창문으로 장식되어 있던 벽이 갈라지면서 관저의 속살이 훤하게 드러났다.

백악관을 경호하던 요원들과 SWAT, FBI 병력까지 순식간에 200명의 무장 병력이 도착해서 자동소총을 빼들었으나 그들은 부서지는 중앙관저를 바라보며 아무런 짓도 하지 못한 채 넋을 놓을 수밖에 없었다.

중앙관저는 혼자 부서지고 있었다.

하나의 예술품을 조각하는 것처럼 중앙관저는 스스로 부서지고 있었는데 얼마나 정교했는지 마치 그림을 그리는 것처럼 보일 지경이었다.

3분이 지났을 때 그들의 눈에 보인 것은 완벽하게 먼지로 변한 중앙관저의 모습이었다.

침입자를 제거하기 위해 도착한 병력들은 귀신이 저지른 짓을 두 눈으로 바라보며 두려움에 떨었다.

백주 대낮에 수많은 사람들이 바라보는 곳에서 건물이 저절로 조각조각 부서지는 장면은 소름이 끼칠 만큼 두렵고 충격적인 것이었다.

미국의 심장 백악관이 공격을 받고 있음에도 몰려든 병력들은 아무런 조치조차 하지 못하고 중앙관저가 완벽하게 무너져 내릴 때까지 움직이지 못했다.

그들이 주춤거리며 움직이기 시작한 것은 중앙관저가 깨끗하게 무너져 백악관이 완전히 반으로 갈라진 후였다.

강태산은 공원 바깥으로 빠져나와 백악관 쪽으로 몰려 들어가는 병력들을 확인한 후 천천히 몸을 돌렸다.

중앙관저를 박살 낸 것은 대통령 니콜라스에게 경거망동을 하지 말라는 경고를 주기 위함이었다.

니콜라스는 강경한 성격을 가졌기 때문에 분노를 참지 못하고 당장 한국을 공격하라는 명령을 내릴 수도 있었다.

이미 백악관 하늘에는 언론사의 헬기와 공격용 아파치가 도착해서 무너진 중앙관저를 중심으로 팽이처럼 돌고 있었다.

잠시 후면 미국 전역은 공격당한 백악관의 처참한 모습을 바라보며 충격 속에 빠져들 것이다.

　니콜라스는 벌 떼처럼 몰려든 비밀 경호국 요원들의 보호
를 받으며 서서히 정신을 차렸다.
　워낙 급작스럽게 당했고 충격적인 일들이 반복되면서 냉정
을 유지하기가 쉽지 않았으나 그는 요원들에게 국방장관의 시
체를 먼저 치우게 만든 후 참석자들의 얼굴을 훑어나갔다.
　국무장관과 안보수석은 어느새 냉정을 되찾고 있었지만 나
머지는 여전히 충격 속에 사로잡혀 이성을 잃은 모습이었다.
　"상황은 어떻습니까?"
　니콜라스가 굳어진 얼굴로 묻자 뒤늦게 오벌 룸으로 뛰어
들어온 경호실장이 잔뜩 경직된 목소리로 보고를 했다.
　"현재 국방장관님을 포함해서 13명이 사망했습니다. 그 외
에 특별한 피해 상황은 없습니다."
　"그자에게 다른 조력자는 없었소?"
　"없습니다. 혼자 온 게 틀림없습니다."
　"으……."
　경호실장의 보고에 니콜라스의 입에서 신음이 흘렀다.
　정말 혼자 온 게 맞는다면 그만큼 자신 있다는 뜻이다.
　전설의 헬파이어.
　지금 허옇게 질린 얼굴로 허공을 바라보고 있는 CIA 국장

도널드에게서 여러 번 들은 이야기였다.

그럼에도 그는 어디 영화에나 나올 법한 주인공의 스토리로 치부해 버렸다.

유능하고 뛰어난 암살자이거나 특수한 목적으로 키워진 인간 병기일 수도 있었다.

하지만, 그게 전부다.

아무리 뛰어난 능력을 가지고 있어도 개인은 집단의 힘을 당하지 못하는 법이다.

더군다나 그 집단이 국가이고 세계 최강의 미국이라면 그 개인의 힘은 개미보다 못하다는 게 그의 생각이었다.

그랬기에 스스로 무릎을 꿇으라 제안을 했고, 그렇게 되리라 예측도 했었다.

놈이 진정 한국을 사랑하고 충성을 하는 자라면 풍전등화에 빠져 있는 조국의 위기를 외면하지 않을 것이란 판단이었다.

놈은 웃었다.

더없이 차갑고 섬뜩한 미소를 보이며 이를 드러냈다.

오랜 세월, 약육강식의 법칙이 철저하게 통용된다는 정치판에서 살아왔지만 놈의 미소처럼 가슴을 철렁 무너뜨릴 정도로 차갑고 두려운 웃음은 처음이었다.

웃음과 함께 모습이 사라졌다.

마치 투명인간처럼 말이다. 그러나 놈이 사라지고 난 후 벌어진 광경은 온몸을 벌벌 떨리게 만들 정도로 무서웠다.

벽은 온통 구멍이 숭숭 뚫려 있었고 창문은 완전히 파괴되어 버렸는데 그 모든 것이 눈 깜짝할 사이에 벌어진 일이었다.

유령이다. 유령이 아니라면 도저히 할 수 없는 짓이다.

개인은 집단의 적이 될 수 없다는 그의 집착에 가까운 고정관념이 흔들렸다.

자신의 눈앞에서 이런 짓을 저지른 헬파이어가 정말 유령이라면 협박을 한 것처럼 핵 기지를 공격할 수도 있겠다는 생각이 들었다.

그랬기에 그는 정신을 번쩍 차리고 국무장관을 향해 소리를 질렀다.

"국무장관, 일급비상령을 내리시오. 전국에 있는 핵 기지의 방어 시스템을 가동시키란 말이오!"

"알겠습니다."

"그리고, 주변의 군부대는 지금 이 시간부로 전 병력을 핵 기지 방어에 투입하시오."

"전 기지를 전부 말입니까?"

"단 한 군데라도 뚫리면 큰일 납니다. 그러니 내 지시대로 이행하시오."

"지시에 따르겠습니다."

국무장관이 니콜라스의 거듭된 명령에 자신의 휴대폰을 꺼내 들었다.

그 역시 강태산이 저지른 사실에 기가 질려 있었다.

사람으로 여겨지지 않았고 무슨 짓이든 그라면 가능할 것 같다는 생각이 들었다.

그랬기에 그는 니콜라스의 명령에 따라 전 기지의 비상경계령을 발동시키려 했다.

콰과광……!

부르르 떨리는 진동과 함께 폭발음이 연이어 들린 것은 그가 핸드폰의 단축 번호를 눌렀을 때였다.

폭발음보다는 무거운 물체가 떨어지는 소리가 어울린다.

문제는 그런 진동이 계속 이어졌다는 것이다.

"뭡니까!"

질린 얼굴로 니콜라스가 경호실장을 바라보았다.

놀라서 물었지만 눈앞에 서 있던 경호실장이 내용을 알 리가 만무했다.

대통령의 의문을 풀어준 것은 바깥에서 경계를 서고 있던 비밀 경호국의 요원이었다.

그는 진동과 함께 오벌 룸으로 뛰어 들어왔는데 얼굴이 허옇게 질려 있었다.

"실장님, 중앙관저가 무너지고 있습니다."

"그게 무슨 소린가?"

"중앙관저가 스스로 무너지고 있습니다. 그런데 그 모습이 정말 이해하기 힘들 정도로 이상합니다."

"가보세."

불안하게 서 있던 사람들이 모두 한꺼번에 달려 나갔다.

그렇지 않아도 오벌 룸에 있는 것이 불편했던 사람들은 대통령인 니콜라스가 먼저 뛰어나가자 미친 듯이 그 뒤를 따랐다.

로즈 가든까지 뛰어나온 니콜라스는 무너지는 중앙관저를 바라보며 입을 떡 벌렸다.

요원의 보고를 받으며 정신이 살짝 이상해진 게 아닌가란 생각을 했는데 막상 두 눈으로 직접 현장을 지켜보자 그의 보고가 얼마나 정확했는지 새삼 느낄 수 있었다.

한 가지 다른 점은 건물 스스로 무너진 게 아니라 누군가에 의해 파괴되었다는 것이다.

그는 이와 비슷한 일을 먼저 오벌 룸에서 경험한 적이 있었다.

유령, 바로 지옥의 불길, 헬파이어의 짓이 분명했다.

강태산은 태을경공을 이용해서 워싱턴을 벗어났다.

치안이 잘돼 있는 미국 경찰은 벌써 워싱턴 곳곳에 바리게이트를 설치해서 용의자를 찾느라 혈안이 되어 있었는데 유례없이 강도 높은 검문검색을 벌였다.

위싱턴을 벗어났지만 도시는 계속 이어졌다.

미국의 수도답게 워싱턴은 도심뿐만 아니라 외곽까지도 수려한 공원과 잔디밭으로 둘러싸인 저택들이 길게 이어져 있었다.

워싱턴에서 버지니아까지의 거리는 100㎞가 조금 안 된다.

태을경공을 여유 있게 펼치며 이동을 했는데도 그가 버지니아에 도착까지 걸린 시간이 한 시간도 채 걸리지 않았다.

블랜드 카운티를 가로지른 강태산이 곧장 하천을 건너서 평야 지대에 도착하자 숲을 뚫고 차지연의 모습이 나타났다.

"빨리 왔네요. 나는 3시는 넘어야 올 줄 알았는데?"

"나머지는?"

"준비하고 있어요. 그런데 정말 할 거예요?"

"왜, 문제 있어?"

강태산이 바라보자 차지연의 얼굴에서 고혹적인 미소가 흘렀다.

그녀는 강태산이 나타났을 때부터 얼굴에서 미소를 숨기지 못했는데, 마치 오랫동안 떨어졌던 낭군을 만난 모습이었다.

"기지를 방어하기 위해 배치되었던 병력들이 전부 움직였어요. 핵 기지 자체도 차단되기 시작했구요. 그자들, 우리가 공격할지 어떻게 알았을까요?"

"내가 알려줬거든."

"뭐라고요!"

"재밌잖아. 멍하게 있는 놈 때리는 것보다 철저하게 준비하고 있는 놈 패는 게 훨씬 재밌는 법이다."

"아이고, 이 아저씨는 어째 시간이 갈수록 이렇게 변할까… 사단 병력이 전부 방어에 투입되었는데 그런 소리가 나와요?"

"겁나니?"

"이씨, 비너스를 어떻게 보고……."

"타이거는?"

"먼저 위치 확보한다고 출발했어요."

"그럼 우리도 가자."

"부대장님 안 만날 거예요?"

"준비하느라 바쁠 텐데, 뭐. 알아서 따라 들어오겠지."

"점심은요?"

"그러고 보니까 점심을 안 먹었네. 먹을 거 있냐?"

"쯧쯧… 칠칠맞기는."

강태산을 향해 차지연이 혀를 내밀었다.

그녀는 배낭에서 은색 포일로 감싼 물체를 꺼내 펼쳤는데 햄과 소시지가 듬뿍 담긴 샌드위치였다.

"천천히 먹고 가요. 여기 물도 있으니까 서두르지 말고."

"고마워."

"내가 직접 싼 거니까 남기지 마요. 알았죠?"

"이걸 정말 직접 쌌다고? 왜?"

"대장님 주려고 쌌죠. 분명히 바보처럼 굶고 다닐 것 같아
서……."

차지연의 손에서 샌드위치를 넘겨받은 강태산이 그녀를 향
해 밝은 웃음을 보냈다.

이런 면이 있다.

전투를 시작하면 더없이 냉정하고 차가운 전사로 변하지만
차지연은 강태산을 맞이할 때마다 언제나 여자이기를 마다하
지 않았다.

샌드위치는 정말 맛있었다.

배고픈 상태에 먹었기 때문에 그런 것도 있었지만 차지연의
손맛이 담긴 것이라 그런지 입안에 착착 감길 정도로 감칠맛
이 났다.

차지연이 건넨 물까지 마신 후 강태산이 자리에서 일어섰다.

지금 정해진 장소에서 대원들은 공격 준비를 마친 채 대기
하고 있을 것이다.

서둘러야 한다.

아이젠하워와 루즈벨트가 대한해협에 도착해서 공격 준비
가 되기 전까지 미국을 꼼짝 못 하게 만들어야 완벽하게 일을
마칠 수 있다.

강태산은 차지연을 뒤에 매달고 태을경공을 천천히 펼쳤다.

워낙 수준 차이가 나기 때문에 그가 천천히 달렸어도 차지

연은 10분이 흐르자 숨이 턱에까지 차오를 정도로 지쳤다.

그들이 걸음을 멈춘 곳은 암석으로 형성된 산이 내려다보이는 협곡이었다.

민둥산이다.

나무가 하나도 없고 곳곳에 바위만 펼쳐져 동서남북 어디서도 시야가 확보된 산에는 셀 수 없는 병력이 곳곳에 진을 친 채 경계망을 형성하고 있었는데, 지금도 계속해서 병력과 방어 무기가 속속 집결하는 중이었다.

"보이냐, 저기가 입구인 모양이다."

"그러네요. 차들이 저쪽으로 들어가잖아요."

강태산이 손가락으로 가리킨 곳을 보면서 차지연이 입술을 삐죽였다.

누가 봐도 그곳이 입구다.

암석 산은 양쪽이 튀어나온 구조였는데 그 가운데 부분으로 가끔가다 차들이 들어가는 게 보였다.

차지연의 표정이 좋지 않은 것은 이곳의 방어력이 너무 강하다고 느꼈기 때문이었다.

"왜 하필 여기에요? 다른 곳도 많구만."

"마음에 안 들어?"

"여긴 유사시 미국 대통령이 들어오는 곳이라 최고의 방어선이 형성되는 기지예요. 대장님도 그건 몰랐죠?"

"모르긴 왜 몰라, 그래서 선택한 건데."

"아는데 일부러 그랬다고요?"

"응."

"왜요?"

"그래야 니콜라스가 눈이 뒤집힐 거 아니냐."

"헐, 대박."

차지연이 엄지를 치켜들었다.

그녀는 강태산의 말을 듣고 진심으로 감격한 표정을 짓고 있었다.

그런 그녀를 향해 환한 웃음을 지었다.

이럴 때면 차지연은 세상의 그 어떤 여자보다 섹시하다.

"자, 그럼 가볼까? 재밌다고 불꽃놀이 너무 오래하지 마라. 자다가 오줌 쌀 수도 있어."

*   *   *

입구는 예상했던 것처럼 양쪽으로 튀어나온 능선의 중앙, 다시 말해 사람들의 시선이 잘 닿지 않는 오목한 지형에 위치하고 있었는데 그곳을 통해 차량이 지하 기지로 내려가도록 설계되어 있는 것 같았다.

좌에서 우로 스캔을 하자 광범위한 암석 산 곳곳에 미사일 발사 장치가 설치되어 있는 것이 보였다.

미사일 발사 장치는 자동 개폐 시스템으로 교묘하게 은폐되어 있었지만 강태산의 눈을 피할 수 없었다.

숫자는 정확하게 서른 둘.

버지니아 핵 기지의 보유 탄두 숫자가 다른 기지보다 훨씬 적음에도 동부에서 가장 중요한 전략 기지로 운용되는 건 이처럼 완벽한 미사일 발사 체계를 구축하고 있기 때문이었다.

강태산은 촘촘히 깔려 진지를 형성하는 방위군 사이를 통과해서 입구로 다가갔다.

태을경공을 펼쳤기 때문에 아무도 그가 입구로 접근하는 것을 알지 못했다.

그것은 방위군과 별도로 입구를 지키고 있던 핵 기지 경계 요원들도 마찬가지였다.

무풍지경.

강태산은 바리케이드 너머에서 입구를 통제하고 있던 8명의 요원들을 순식간에 제압한 후 강철문을 확보했다.

입구는 두 개다.

하나는 이곳 차량 진입이 가능한 화물수송용 엔트런스고, 또 하나는 북측 사면으로 계단을 통해 올라가 진입하는 엘리베이터 출입 시설이다.

강태산이 화물수송용 엔트런스를 먼저 장악한 것은 청룡대원들의 진입을 사전에 확보하기 위함이었다.

현재 청룡대원들은 두 대의 화물 트럭에 나누어 타고 있었는데 거기에는 핵미사일 발사에 필요한 각종 전자 장비들이 실려 있었다.

버지니아 핵 기지의 미사일 발사는 기지 사령관과 미국 대통령의 암호 동시 입력 방식에 의해 승인이 나도록 구성되어 있었다. 따라서 그 체계를 깨기 위해서는 정밀한 외곽 승인 시스템의 파괴가 선행되어야 했던 것이다.

제압된 경비 요원들은 여전히 경계 근무를 서고 있는 것처럼 자리를 지켰다.

이미 싸늘한 시신으로 변해 있었으나 사혈을 공략당한 그들의 육체는 미동도 하지 못하고 서 있었다.

먼저 차지연과 설민호가 강태산이 장악한 엔트런스로 은밀하게 다가왔다.

그들은 강태산처럼 완벽하게 신형을 감추지는 못해도 전력으로 태을경공을 운용하면 단거리에서는 육안으로 구분할 수 없는 속도를 낼 수 있는 수준은 되었다.

차지연과 설민호가 먼저 들어온 이유는 만약의 사태를 대비하기 위해서였다.

청룡대원들 중 그 둘은 핵에 관해서는 전문가 뺨칠 정도의 지식을 가졌고 각종 전자 장비에 능통한 최고의 두뇌들이었다.

만약 다른 대원들의 진입이 불가능해진다 하더라도 두 사람만 있으면 미사일 발사는 어떡하든 가능하다.

비록 시간이 훨씬 더 오래 걸리겠지만 미사일을 날릴 수 있다는 뜻이다.

동쪽과 북쪽에서 두 대의 군용 트럭이 달려오기 시작한 것은 강태산이 엔트런스를 확보하고 10여 분이 지났을 때였다.

곳곳에 진지를 펼친 방위군은 트럭이 진입해 들어오는 걸 지켜보다가 점점 엔트런스와 가까워지자 미친 듯 사격을 퍼붓기 시작했다.

하지만 이미 늦었다.

아직 방어선이 완벽하게 구축되지 않은 상태에서 약한 곳을 뚫었기 때문에 청룡대원들의 돌격은 효과적으로 먹혀들었다.

두 대의 트럭은 미리 열려 있던 엔트런스를 그대로 통과해서 핵 기지로 진입했다.

봉쇄.

트럭들이 들어오자 차지연이 즉각 엔트런스의 강철문을 폐쇄시켰다.

진입에 필요한 인식 시스템을 파괴했기 때문에 바깥에서는 이제 엔트런스를 통해 들어오는 건 불가능에 가깝다.

방위군이 정신이 돌아서 핵 기지를 향해 고폭탄을 집중적으로 포격하면 모를까.

삐잉… 삐잉…….

핵 기지의 내외부에서 동시에 비상 신호가 울려 퍼지기 시작했다.

외곽에서 진지를 형성하던 방위군은 핵 기지가 뚫렸다는 것이 확인되자 전력으로 달려왔고, 기지 자체의 방어 병력들도 각자의 위치를 확보하면서 주요 시스템이 장악되는 걸 막기 위해 정신없이 움직였다.

진입한 청룡대원들은 강태산의 손짓에 의해 팀이 나눠지며 기지 안으로 달려 나갔다.

강태산이 이끄는 1팀은 곧바로 통제 시스템 쪽으로 전진했고, 서영찬이 이끄는 2팀은 외부 병력의 진입을 막기 위해 엘리베이터를 차단했다.

만약의 사태에 대비해서 엔트런스에 유상철과 이태양이 남았을 뿐 나머지는 모두 기지 안으로 파고들었다.

강태산은 바람처럼 움직여 기지 내부의 방어 병력들을 쓸어버리기 시작했다.

기지 내부에는 100여 명의 방어 병력들이 주요 시설을 방어하기 위해 상주하고 있었는데, 강태산은 청룡대원들이 안전하게 진입할 수 있도록 적들의 존재를 말살시켜 나갔다.

피바람.

또다시 푸르고 시린 한월의 도기가 천지에 난무했다.

유령을 맞이한 방어 병력들은 총 한번 쏘지 못하고 피를 흘리며 쓰러져 갔다.

싸움이 아니라 도살이다.

강태산이 전진하는 곳마다 피가 튀었고 모든 병력을 사살하는 데 걸린 시간은 불과 5분도 걸리지 않았다.

핵 기지에는 기지 사령관을 포함해서 20여 명의 과학자들이 상주하고 있었다.

그들은 핵탄두를 비롯해서 미사일 발사 시스템의 상시 유지 보수 수행 임무와 비상사태 발생 시 미사일 발사를 위해 상주했는데, 전부 군 소속이었다.

강태산이 대원들과 함께 통제 시스템에 진입하자 과학자들의 얼굴이 노랗게 변했다.

핵 기지가 공격당하는 건 상상조차 해본 적이 없는 일이었다.

비상이 걸리며 상황실에 나와 있던 기지 사령관 닉커슨은 무장한 채 들어온 청룡대원들을 바라보며 얼굴을 무섭게 굳혔다.

오늘 백악관이 공격당했다는 뉴스가 호외로 터지면서 텔레비전은 중앙관저가 완벽하게 부서진 백악관을 계속 비추고 있었다.

CNN을 비롯해서 모든 언론의 앵커들이 피를 토하는 목소리로 현지 상황을 중계했는데 그 모습이 전장의 한복판에 서 있는 사람들처럼 보였다.

너무나 어이가 없어 텔레비전에서 시선을 뗄 수 없었다.

도대체 누가 미국의 심장인 백악관을 저렇게 엉망으로 만들어 버렸단 말인가.

하지만 그런 놀라움은 대통령인 니콜라스의 전화를 직접 받으면서 경악으로 변해갔다.

백악관을 공격했던 자들이 핵 기지를 공격할지 모르니 1급 경계령을 펼치라는 니콜라스의 명령은 그를 초긴장 상태로 만들기에 충분했다.

부랴부랴 핵 기지를 방어하기 위해 주변에 상주하고 있는 육군 사단 병력을 불러들였고, 기지 내 방어 병력들에게 완전 무장 상태로 대기하라는 지시를 내렸다.

지금까지 미국 본토가 적에게 직접적으로 공격을 당한 적은 단 한 번도 없었다.

이슬람계열의 테러리스트가 간혹 테러를 시행해서 시민들이 다수 죽은 적은 있어도 군부대가 공격을 당한적은 없다.

더군다나 일반 군부대도 아니고 핵 기지를 공격한다는 것은 미국과 전쟁을 하겠다는 것과 다름없는 짓이었다.

하지만 백악관이 공격당하는 초유의 사태가 발생했고 대통령인 니콜라스가 이성을 잃은 목소리로 무슨 수를 쓰든 기지를 철저하게 방어하라는 명령을 내린 이상 만약의 사태에 만전을 기해야 했다.

짧은 시간에 최선을 다했다.

미친 듯이 소리치며 준비했기에 최단 시간 내에 사단 병력을 핵 기지 주변에 배치하는 데 성공할 수 있었다.

그러나 그런 노력은 단 한순간에 물거품으로 변하고 말았다.

귀신들이다. 상황실 문을 열어젖히며 당당하게 걸어 들어온 자들은 사람으로 보이지 않았다.

모니터를 보면서 몸을 덜덜 떨었다.

100여 명의 방어 병력이 총 한번 쏘지 못하고 죽어가는 장면은 공포 그 자체였다.

"동작 그만, 내 말에 따르면 목숨은 살려준다. 대신 함부로 움직이거나 엉뚱한 짓을 한다면 그 즉시 죽여 버리겠다."

강태산의 담담한 목소리에 닉커슨을 비롯해서 상황실에 있던 과학자들이 얼음처럼 몸을 굳혔다.

이상하게 빛나는 칼을 든 자.

그자의 눈빛은 마치 심연처럼 가라앉아 마치 유령을 보는 것 같았다.

"뭐라고, 버지니아가 당했단 말이요?"

"그렇습니다. 버지니아 핵 기지 방어 사단장이 지금으로 보고를 해왔습니다."

"언제… 언제 당했단 거요?"

"1시간 정도 경과된 것 같습니다. 사단장은 사태 파악을 위해
핵 기지와 계속 통신을 시도했지만 연락이 되지 않는답니다."

파괴된 오벌 룸 대신 지하 벙커로 자리를 옮긴 니콜라스에
게 국무장관이 하얗게 질린 얼굴로 보고를 했다.

그의 말대로 1시간 전이라면 오후 3시가 조금 넘었을 때란
말이다.

헬파이어가 백악관을 부수고 떠난 것은 오전 10시가 채 되
지 않았을 때였다.

니콜라스의 머리에 싸늘하게 웃음 짓던 헬파이어의 얼굴이
떠올랐다.

도저히 믿기지 않는다.

버지니아가 워싱턴과 아무리 가깝다 해도 그자가 핵 기지
를 공격하기에는 터무니없이 시간이 부족했다.

그렇다면 조력자가 있다는 뜻이고 미리 철저하게 준비했다
는 걸 의미한다.

국무장관의 보고에 벙커를 가득 채우고 있던 보좌관과 군
의 수뇌부들이 술렁거렸다.

핵 기지가 공격을 당했다는 보고를 직접 들었으나 그들은
믿지 못하는 얼굴들이었다.

"당장, 버지니아 핵 기지와 연락을 취해보시오!"

"그게… 지금 계속해서 연락을 취하고 있지만 아무도 전화를 받지 않습니다."

"그럼 정말 핵 기지가 점령당했단 거요, 뭐요!"

"아무래도 그럴 가능성이 큽니다. 대통령님, 전군에 비상을 걸고 수습책을 마련해야 됩니다."

"최대한 빨리 주 방위군을 출동시키시오. 공군 사령부에도 연락해서 놈들이 빠져나가지 못하도록 막고. 특수부대… 그렇지, 놈들을 때려잡을 특수부대도 투입하란 말이오."

"알겠습니다."

"언론은?"

"아직 언론은 모르고 있습니다. 사단장에게 철저히 통제하란 지시를 내려놨습니다."

"절대 이 사실이 알려지면 안 됩니다. 무슨 뜻인지 알겠소?"

"알고 있습니다."

"놈들이 미친 짓을 할 수 있는 확률은 얼마나 됩니까?"

"평상시 핵탄두는 이중 삼중으로 보안을 설치해 둔 보관 장소에 저장되어 있습니다. 더군다나 미사일 탑재에는 꽤 오랜 시간이 걸리고 미사일에 핵탄두가 탑재되더라도 정해진 암호가 없으면 미사일을 발사할 수 없습니다. 너무 심려하지 마십시오."

"만약 놈들이 핵탄두를 빼돌린다면?"

"귀신이라도 빠져나가지 못합니다. 놈들이 그런 시도를 한다면 핵 기지를 빠져나오는 즉시 뼈도 못 추리게 될 겁니다."

"절대 방심하면 안 되오. 그리고 최대한 빠른 시간 내에 특수부대를 투입시키시오. 그곳에는 핵탄두를 미사일에 탑재할 수 있는 과학자들이 있잖소. 놈들이 그들을 위협해서 단 한 기라도 발사한다면 우리는 모두 죽은 목숨이오. 그러니 어떡하든 그전에 해결해야 하오."

"대통령님, 다른 곳도 아니고 핵 기지입니다. 공격을 했을 때 놈들이 핵탄두 저장소를 폭파한다면 큰일이 납니다."

"이런 제길… 그럼 어쩌자는 말이오!"

"우리 과학자들을 믿어야지요. 그들은 죽는 한이 있더라도 놈들의 요구에 응하지 않을 것입니다."

"하아… 이런 미친놈들을… 지금 항모전단의 위치는 어떻게 됩니까?"

"내일 오후면 대한해협으로 진입할 수 있습니다."

"서두르라고 하시오. 만약의 사태에 대비해야 합니다. 놈들이 단 한기라도 발사하면 무조건 한반도를 초토화시키시오. 핵 잠수함에 있는 핵무기로 서울과 주요 도시들을 타격해서 완전히 무너뜨리란 말이오."

"…대통령님. 그건……."

"우리는 세계 최강 국가의 자존심을 잃으면 안 되오. 놈들이 한 짓 이상으로 보복을 해야 됩니다. 나는 절대 이 사태를 그냥 넘기지 않을 것이오."

니콜라스는 이를 악물었다.

일어나서는 안 되는 사태였으나 그는 최후의 순간 대한민국을 지구상에서 지울 생각까지 했다.

미국을 상대로 도발을 한 한국의 행동은 절대 용서할 수 없는 것이었다.

전 세계가 미국의 보복에 비난을 퍼붓는다 해도 미국의 자존심을 짓밟은 한국을 철저하게 응징해야 한다.

그것이 미국이 세계를 관장하는 방식이다.

국방장관의 임무까지 떠안은 국무장관이 정신없이 각종 조치를 내리며 방위 사령관들과 회의를 하는 동안 시간은 하염없이 흘러갔다.

지금 버지니아 핵 기지에는 중무장한 수많은 병력들이 물샐 틈 없는 경계를 펼쳤고, 공중에는 수십 대의 최신예 전투기들이 비행하며 만약의 사태에 대비하고 있었다.

초조하게 흘러가는 시간.

긴급 파견된 네고시어터들이 협상을 위해 접근했으나 핵기지는 침묵으로 일관한 채 일절 그 어떤 접촉도 허락하지 않았다.

벌써 하이에나 같은 언론들은 이상한 낌새를 눈치채고 버지니아로 몰려드는 중이었다.

백악관 지하 벙커는 각종 전문가들이 자리를 채운 채 상황을 해결하기 위해 몸부림을 쳤으나 뾰족한 방도를 강구하지 못했다.

다른 곳이라면 피해를 감내해서라도 네이비 씰을 비롯한 최정예 특공대를 투입해 공격을 감행했겠지만 점령을 당한 곳은 오백여 기의 핵탄두가 저장된 핵 기지였다.

니콜라스는 처참한 심경으로 의자에 앉아 넋을 놓은 채 하염없이 거대한 상황 모니터를 지켜봤다.

버지니아 핵 기지의 모습이 생생하게 펼쳐진 모니터에는 수많은 병력 속에 둘러싸인 황폐한 암석 산이 모습을 드러내고 있었다.

휴우…….

자신도 모르게 한숨이 흘러나왔다.

미국의 위대한 영광과 발전을 위해 노력해 온 자신에게 이런 일이 발생한 것이 도저히 납득되지 않았다.

박무현이 정권을 잡은 후 수시로 말을 듣지 않기 시작했을 때 강력한 조치를 취해야 했다.

말을 듣지 않는 자를 처단하는 건 그리 어려운 일이 아니었음에도 망설였던 것이 이런 일을 만든 빌미가 되었다는 생각이 들자 강한 후회감이 밀려왔다.

이번 일만 무사히 넘어간다면 절대 그냥두지 않을 것이다.

자신이 받은 고통, 그리고 미국이 당한 자존심의 상처는 백 배 천배로 돌려준다.

반드시… 반드시 말이다.

그런 생각을 하며 눈을 감았다.

오랜 시간 긴장 속에 파묻혀 있다 보니 자신도 모르게 육체가 늘어지기 시작하며 몸이 노곤해졌다.

벌써 시간은 새벽 2시를 넘어서고 있었다.

핵 기지를 공격받은 것이 3시였으니 11시간이 경과한 상태였다.

"악, 발사됐습니다! 미사일이… 미사일이 발사됐습니다!"

갑작스럽게 상황실에 울려 퍼진 모니터 요원의 비명에 여기저기서 웅성거리며 회의를 하던 사람들의 행동이 일시에 멈췄다.

잠깐 눈을 감았던 니콜라스가 자리에서 벌떡 일어선 것은 국무장관과 방위 사령관이 미친 듯이 대형 모니터의 앞으로 뛰어갈 때였다.

요원의 외침에 정신이 멍해졌다.

발사라니… 미사일이 발사되다니…….

너무 놀라 말이 나오지 않았다. 절대 발사되지 않을 거라더니 이게 무슨 개소리란 말인가.

자신도 모르게 허둥지둥 앞으로 달려 나가 요원들이 바라보는 모니터의 앞에 섰다.

위성으로 버지니아 핵 기지를 잡고 있던 모니터에서는 악마의 불빛을 길게 뿜어내며 연이어 미사일이 발사되고 있었다.

"이 미친놈들이 기어코… 어디야, 목표 지점이 어디냐고!"

＊   ＊   ＊

니콜라스의 비명 소리에 통제관들의 손놀림이 바빠졌다.

미사일의 궤적을 추적해서 목표 지점을 확인하는 프로그램이 빠르게 화면의 상단으로 솟구쳐 올라가며 눈을 어지럽히기 시작했다.

하지만 미사일의 발사는 한두 기가 아니었다.

"첫 번째 미사일 목표 지점, 확인되었습니다. 애리조나입니다. 다른 한 기는 캘리포니아를 향하고 있습니다."

"허억!"

"뉴멕시코 쪽과 텍사스 쪽으로도 날아가고 있습니다.!"

"으… 어딘가, 놈들이 원하는 곳이!"

"정확한 지점은 시간이 지나 봐야 알 수 있습니다. 지금 상태로는 정확한 위치를 잡아낼 수 없습니다."

방위사령관의 질문에 대답하는 통제관의 얼굴이 사색으로 변해 갔다. 자신의 말대로 미사일의 정확한 타격 지점은 궤도가 정점까지 도착한 후 낙하를 시작할 때 알아낼 수 있었다.

화면으로 확인한 미사일만 하더라도 8기.

침입자들은 4개의 도시를 향해 각각 2기씩 미사일을 쐈다.

악마의 불길을 담고 날아간 곳에는 5천만 명이 넘는 사람들이 산다.

만약 미사일에 핵탄두가 장착된 채 폭탄이 도시에 떨어진다면 사망자는 추정이 불가능할 정도로 늘어날 것이다.

"도착 예정 시간은?"

"가장 가까운 텍사스가 10분, 가장 먼 캘리포니아는 20분입니다."

"서부에 배치되어 있는 MD 시스템은 어찌되었나?"

"가동 준비 완료했습니다. 보유중인 최신예 사드와 개량형 고스트가 모두 대기 중입니다."

"어떡하든 막아야 한다. 어떡하든!"

방위사령관의 얼굴도 사색으로 변한 지 오래였다.

그는 땀으로 범벅된 손을 꽉 쥔 채 화면을 노려보고 있었는데, 긴장으로 인해선지 몸을 벌벌 떨어대는 중이었다.

그러나 긴장을 한 것은 그만이 아니었다.

백악관 벙커에 있는 사람들은 대통령인 니콜라스를 비롯해서 전부 하얗게 질린 얼굴로 화면만 바라볼 뿐이었다.

얼마나 많은 사람들이 무력함을 느끼고 있을까.

각 주의 방위사령부는 물론이고 항공사령부와 디펜스센터의 모든 인력들이 이 장면을 지켜보고 있을 것이다.

미국 서부에는 일시에 200여 기의 미사일이 발사될 수 있는 MD 시스템이 구축되어 있었다.

미국 본토를 공격하는 미사일을 격추시키기 위해 천문학적인 돈을 들여 구축한 첨단 미사일 방어 시스템이었다.

그러나 현재 미국 전역에서 화면을 지켜보는 군사 전문가들은 절망감으로 인해 무릎 사이로 고개를 파묻었다.

요격 가능 확률이 너무 낮다.

미사일 비행시간이 너무 짧고 운이 좋아 요격에 성공한다 하더라도 자칫 도시 위에서 폭발한다면 수많은 생명이 목숨을 잃게 될 것이다.

침묵의 시간.

미사일의 궤적에 맞춰 동부 지역에서 200여 기의 미사일이 날아오르는 것이 화면을 가득 채웠다.

요격미사일들은 한 번의 발사에 그치지 않고 5분 후에 또다시 발사되었다.

요격에 실패할 경우를 대비해서 추가적으로 발사한 미사일이었다.

그러나 악마의 숨결을 담고 날아오른 버지니아의 불꽃은 요격미사일의 숲을 뚫고 유유히 전진해서 자신의 목적지에 무사히 도착했다.

제약된 조건, 제약된 시간은 요격미사일의 정확도를 형편없이 떨어뜨리고 말았다.

"악! 요격 실패했습니다. 텍사스에 미사일들이 낙하를 시작했습니다."

"위치!"

"화이트 샌드입니다."

통제관의 보고를 받은 방위사령관의 입이 떡 벌어졌다.

사막이다. 다행스럽게 놈들은 도시가 아니라 사막을 타격지점으로 삼았다.

방위사령관은 요격에 실패했음에도 다리에 힘이 풀려 스르륵 자리에 주저앉고 말았다.

비록 요격에는 실패했지만 사막에 터졌으니 인명 피해는 최소한으로 막을 수 있을 것이다.

지금 마음 같아서는 핵 기지를 장악한 침입자들에게 절이라도 하고 싶은 심정이었다.

쿠구궁!

지축을 울리는 폭발음. 그리고 버섯처럼 피어오르는 뭉게구름.

화이트 샌드의 한복판에서 두 개의 뭉게구름이 피어올랐다.

도시에 폭발하지 않은 것이 다행이었지만 그렇다고 좋아할 일도 아니었다.

모하비 사막과 소노라 사막에 각각 떨어진 두 개의 핵폭탄은 30㎞안에 있는 모든 생명을 소멸시켜 버리고도 남는다.

얼마나 많은 사람들이 죽었는지 알 수 없다. 사막에도 꽤 많은 사람들이 터전을 잡고 살아가기 때문이다.

그럼에도 최악의 사태를 막은 사람들의 얼굴에서 생기가 돌기 시작했다.

4군데의 사막에 핵폭탄이 터졌지만 침입자들은 정확하게 사막의 정중앙을 목표로 했기 때문에 희생 범위를 최소화시킬 수 있었다.

불행 중 다행이란 건 이럴 때 쓰는 말임이 분명했다.

통제관의 입에서 비명 소리가 다시 터진 것은 사막에 터진 핵폭탄의 위험에서 사람들을 대피시키기 위해 모든 사람들이 안간힘을 쓰고 있을 때였다.

"사령관님, 미사일이 다시 발사되기 시작했습니다. 이번에는 토마호크가 아닙니다. ICBM SS—31입니다."

"뭐라고!"

통제관의 보고에 방위사령관의 몸이 후들거렸다.

ICBM. 대륙간탄도미사일을 의미하는 것이었다.

방위사령관의 얼굴이 흑색으로 변한 것은 쏘아진 미사일의 정체가 ICBM이었기 때문이었다.

만약 ICBM이 러시아나, 중국을 향했다면 조만간 미국은 불바다로 변하게 된다.

러시아나 중국은 핵무기로 공격받았을 경우 자동적인 대응 시스템이 완벽하게 구축된 나라였다. 그 말은 곧, ICBM이 국경을 넘어서는 순간 그들이 미국을 향해 곧장 핵 공격을 감행한다는 걸 의미했다.

버지니아 기지를 장악한 자들이 만약 그것을 원했다면 미국은 파멸에서 벗어날 방법이 없었다.

그럼에도 최선을 다해야 한다.

미국이 한 게 아니라 테러리스트들이 한 짓이라는 걸 알리고 그들이 보복을 하지 않도록 미친 듯이 매달려야 한다.

"어느 쪽이냐, 어디로 쏜 거야?"

"일본 쪽 입니다."

"일본?"

방위사령관의 몸이 움찔했다.

러시아나 중국 쪽이 아니라 일본이라는 것이 천만다행이었지만 그럼에도 의심이 남기 때문이었다.

왜 일본을?

역사적으로 끊임없었던 두 나라의 적대감이 일본에 대한 공격으로 나타난 것일까?

그럴지도 모른다.

하지만 지금 이 시점에서 일본을 공격하다니……

골똘히 생각하던 사령관의 입에서 비명이 터져 나온 것은 머릿속을 쾅하고 때리는 충격을 받았기 때문이었다.

"항모, 현재 항모의 위치는 어디에 있나?"

"현재 위치, 태평양입니다. 일본 동쪽으로 100㎞ 지점입니다."

보고를 받은 방위사령관의 다리가 힘이 풀리며 휘청거렸다.

놈들이 노리는 것은 일본이 아니라… 아이젠하워와 루즈벨트가 분명했다.

방위사령관이 허망한 눈으로 화면을 바라보았다.

니콜라스는 이쪽에서 떠드는 대화 내용을 듣고 난 후 자리에 주저앉아 털썩 주저앉으며 짐승처럼 처절한 신음을 흘려냈다.

화면에서는 거대한 불꽃들이 연이어 발사되고 있었다.

본토를 공격했던 것보다 훨씬 많은 숫자였다.

"도대체… 몇 기나 발사된 거냐?"

"총… 30기가 발사되었습니다."

아이젠하워의 항모전단 사령관 피터슨은 느긋한 일요일을 맞이했다.

조금 늦게 잠에서 깬 그는 세면을 한 후 가볍게 아침 식사를 마치고 여유 있게 선상으로 올라가 태평양의 푸른 바다를 감상하며 산책을 했다.

이번 임무가 주는 홍분은 군인으로서 최고의 즐거움이었다.

세계 최강을 자랑하는 항공모함전단을 이끌면서 총 한번 쏴보지 못한 세월이 벌써 3년이었다.

아이젠하워는 호넷(A—132, F—22) 전투기, 프라울러(EA—6B) 전자전기, 호크아이(E—2C) 조기경보기 등 항공기 80여 대가 탑재되어 있다.

9200t급 스톡데일, 윌리엄 P. 로런스함 등 4대의 이지스함과 9800t급 순양함인 2대의 모바일베이함, 제21구축함전대 등과 함께 강습단을 구성한다.

더군다나 전술 무기인 2대의 핵잠과 항공모함을 지키기 위해 5대의 원잠이 따라붙고 있어 웬만한 국가 정도는 단숨에 초토화시킬 수 있는 능력이 있었다.

대한해협으로 진출하라는 지시를 받았을 때 피터슨은 또 기동 훈련을 하라는 줄 알고 시큰둥한 표정을 지었다.

북한의 도발에 대비한다는 미명 아래 한국으로부터 돈을 뜯어내기 위해 매년 시행되는 기동훈련은 병정놀이에 불과해서 그가 가장 싫어하는 짓이었다.

하지만 아이젠하워뿐만 아니라 루즈벨트 전단이 동행한다는 소식과 이번 출병이 한국을 공격하기 위함이라는 사실을 알게 되자 온몸이 흥분으로 덜덜 떨려왔다.

군인은 군인다워야 한다.

막강한 군사력을 지녔음에도 매번 연습용 미사일만 쏘다가 돌아가는, 병신 같은 짓은 더 이상 하고 싶지 않았다.

지니고 있는 모든 정보망을 통해 확인한 결과 이번 출병 원인이 한국과의 스파이 전쟁 때문임을 알게 되었다.

자신도 모르게 어이가 없어 저절로 웃음이 흘러나왔다.

요즘 들어 한국이 눈부시게 경제성장을 이뤄 일본마저 추월했다는 소리가 들리더니, 그 작자들 눈에는 뵈는 게 없는 모양이었다.

더군다나 박무현 정권이 탄생한 이후 사사건건 미국과 대립하며 자신들의 이익을 찾겠다고 덤벼들어 곤란한 일이 한두 가지가 아니라고 들었다.

개는 개고, 주인은 주인이다.

개가 주인이 될 수 없다는 건 천고의 진리인데, 개가 조금 잘살게 되었다고 덤벼든다면 세상 이치가 무너지게 된다. 그때 가장 필요한 건 몽둥이질이다.

미국은 온건하고 너그러운 나라였다. 미국이 더 이상 견디지 못하고 이렇게 공격을 한다는 것은 그만큼 한국이란 개가 참을 수 없을 정도로 짖었기 때문일 것이다.

사령실로 올라와 부관이 타준 커피를 마셨다.

눈부신 아침 햇살이 너무나 아름다웠다.

해군이 되어 바다를 누비는 이유 중의 하나가 바로 이런 것 때문이었다. 두개의 하늘을 이고 산다는 것은 인간으로 누릴 수 있는 가장 큰 행운이었으니 태양을 품고 있는 바다가 너무나 좋다.

오늘 따라 커피의 향이 더욱 부드러웠고 진했다.

일이 터지기 시작한 것은 그가 커피의 향에 빠진 채 아침의 여유를 만끽할 때였다.

백악관의 침몰.

갑작스럽게 터진 충격적인 사실에 항공모함 전단 전체가 순식간에 혼란에 빠져들었다.

본토의 국민들도 놀랐겠지만 이역만리 바다에 떨어져 있는 항모전단의 승무원들에게도 백악관이 무너졌다는 건 엄청난 충격이었다.

그러나 그것은 아무것도 아니었다.

피터슨은 한 통의 전문을 받고 오후 내내 침묵 속에 사로잡혔다.

버지니아 핵 기지가 침입자들에게 점령당했다는 사실은 오직 그만 알고 있어야 하는 국가 일급비밀이었기에 아무에게도 말할 수가 없었다.

갈수록 태산이라더니 점점 가관으로 변해갔다.

정보기관과 상부에서는 두 개의 사건이 모두 한국의 특수 부대 짓이라는 사실을 알려왔다.

거기에 덧붙여 대통령의 특별 지시라며 언제 어느 때라도 핵잠 공격을 시행할 수 있도록 만반의 준비를 하라는 내용까지 포함되었다.

처음에는 개를 길들이는 것쯤으로 생각했는데, 이젠 그게 아니라 잔인하게 찢어 죽여야 될 정도로 상황이 바뀌고 있었다.

뭐든 상관없었다. 어차피 피를 볼 거라면 찢어 죽이든 삶아 먹든 결과는 마찬가지일 테니 말이다.

하루가 참 길었다.

한국과의 거리는 점점 가까워졌지만 정보는 제한되어 들어왔기 때문에 답답한 마음은 점점 커져갔다.

밤이 되었어도 쉽게 잠이 오지 않았다.

부관이 사령관실을 박차고 들어온 것은 새벽 3시가 넘었을 때였다.

그는 통제실 무선전화를 들고 있었는데 얼굴이 허옇게 질려 있었다.

"사령관님, 대통령님 전화입니다."

피터슨은 침대에서 벌떡 일어나 부관이 전해준 전화기를 건네받았다.

새벽에 온 대통령의 전화. 그의 직감은 부관이 전해준 게 전화기가 아니라 폭탄이란 것을 알렸다.

"대통령님, 전화 받았습니다."

―사령관, 내 말 잘 들으시오. 함대를 향해 핵미사일이 발사되었소. 모두 합해 30기요.

"그게 무슨……?"

―버지니아 기지를 장악한 테러리스트들이 아이젠하워와 루즈벨트를 공격했단 말이오. 그러니 전력을 다해 공격을 막아야 하오.

"막기만 합니까?"

―무슨 뜻이오?

"공격을 당하면 보복을 해야 하지 않겠습니까. 우리가 보유한 핵잠만 가지고도 한국을 박살 낼 수 있습니다."

―이보시오. 미국을 완전히 끝장내고 싶은 게요? 지금 놈들이 텍사스를 비롯해서 4개 주에 핵미사일을 날려 본토가 난장판이 되었소. 사막에 터뜨렸기 때문에 다행이지, 도시에 터뜨렸다면 미국 전체가 쓰러질 뻔했단 말이오. 그런데 한국을 공격하겠다니, 당신 제정신이오? 한국을 공격하면 놈들이 미국 전체를 쓸어버릴 텐데 그래도 괜찮다는 거요, 뭐요!

"후… 제 생각이 짧았습니다. 죄송합니다."

―지금은 참고 견뎌야 할 때요. 그러니 마음을 가라앉히고 항모나 잘 지키시오. 부탁하오!

속사포처럼 할 말만 끝내고 대통령이 전화를 끊었다.

갑작스러운 충격에 정신이 멍해졌던 피터슨이 미친 듯이 사령실을 향해 뛰기 시작했다.

대통령이 지금 이 상황에서 농담을 할 리 없으니 항모가 핵 공격의 타깃이 되었다는 건 분명한 사실일 것이다.

정말 더러운 상황에 빠져들었다.

두 개의 항모전단에 타고 있는 숫자만 3만 명에 육박했다.

사령실에 들어가 통제레이더를 확인하자 한 무더기의 별빛들이 번쩍거리며 다가오는 것이 눈으로 들어왔다.

"거리 얼마야!"

"6,700㎞ 남았습니다."

"도착 시간은?"

"25분 후로 추정됩니다."

"날릴 수 있는 모든 미사일은 다 준비하도록. 하픈도 개방해. 우리는 최선을 다해야 한다."

"알겠습니다."

"함재기 모두 이륙시켜. 1차 요격은 함재기가 맡는다. 루즈벨트와는 연락이 되었나?"

"연락되었습니다. 사령관님의 명령을 기다리고 있습니다."

기동전단의 총사령은 피터슨이었다.

루즈벨트의 사령관 루커 역시 그와 같은 계급이었으나 합동작전을 펼치면서 지휘권은 그에게 주어진 상태였다.

"루즈벨트에게 똑같은 명령은 내려라. 함재기를 당장 이륙시키라고 전해!"

부관의 복창하는 목소리가 떨리고 있었다.

대륙간탄도미사일을 함재기로 잡는다는 건 불가능에 가까운 일이다.

그럼에도 지금의 상황은 어쩔 수가 없다.

함재기에 장착된 미사일들이 실패한다면 조종사들은 함재기로 직접 미사일을 막아야 할 정도로 위급한 상황이었다.

피터슨의 명령에 항모에서 함재기들이 솟구쳐 오르기 시작했다.

총 160기의 A—132와 F—22가 발진하며 굉음을 울려댔다.

그런 후 곧장 동쪽으로 기수를 잡고 날아갔다. 악마의 불꽃이 날아오고 있는 그곳으로 말이다.

『투신 강태산』 10권에 계속…

초대형 24시 만화방

신간 100%, 샤워실, 흡연실, 수면실(침대석), 커플석, 세탁기 완비

■ 시흥 정왕25시점 ■

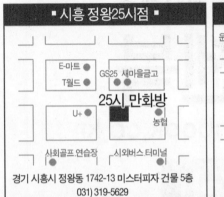

경기 시흥시 정왕동 1742-13 미스터피자 건물 5층
031) 319-5629

■ 강북 노원역점 ■

서울 노원구 상계동 340-6 노원역 1번 출구 앞 3층
02) 951-8324 (화용빌딩 3층)

■ 일산 정발산역점 ■

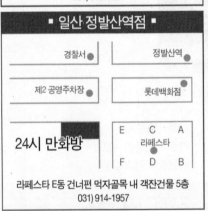

라페스타 E동 건너편 먹자골목 내 객잔건물 5층
031) 914-1957

■ 일산 화정역점 ■

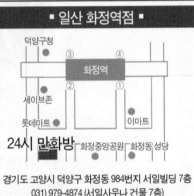

경기도 고양시 덕양구 화정동 984번지 서일빌딩 7층
031) 979-4874 (서일사우나 건물 7층)

■ 부천 역곡역점 ■

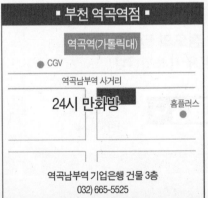

역곡남부역 기업은행 건물 3층
032) 665-5525

■ 부평역점 ■

(구) 진선미 예식장 뒤 한신포차 건물 10층
032) 522-2871

GAME
BALL

게임볼 설경구 장편소설
FUSION FANTASTIC STORY

무명의 야구인이었던 남자,
우진이 펼치는 야구 감독으로서의 화려한 일대기!

『게임볼』

"이 멤버로 우승을 시키라고?"

가상 야구 게임,
게임볼을 통해 인생 역전을 꿈꾸는

한 남자의 뜨거운 행보에 주목하라!

Book Publishing CHUNGEORAM

이모탈 퓨전 판타지 소설
FUSION FANTASTIC STORY

용병들의 대지
Road of Mercenaries

이 세계엔 3개의 성역이 존재한다.
기사들의 성역, 에퀘스.
마법사들의 성역, 바벨의 탑.
그리고… 그들의 끊임없는 견제 속에 탄생하지 못한

『용병들의 대지』

전쟁터의 가장 밑을 뒹굴던 하급 용병 아론은
이차원의 자신을 살해하고 최강을 노릴 힘을 가지게 된다.

그의 앞으로 찾아온 새로운 인생!
아론은 전설로만 전해지던
용병들의 대지를 실현시킬 수 있을 것인가!

Book Publishing CHUNGEORAM